「私を人質にしてください」
サーリャ
「なんですって……？」
レイン・シュラウド
地下牢にて

みんなで王都観光!
「いただきます、なのだ!」
まずはルナがかぶりついて……
次いで、みんながパクパクと
ホットサンドを食べた。
みんな、ホットサンドの虜になり、
とてもいい笑顔だ。
ソラ
ルナ

タニア
ニーナ
ティナ・ホーリ
カナデ

それは、繭の中で眠っていた蝶が
羽化するようなもので……
「っ!!」
わたしの体は光に包まれた。

7
Suzu Miyama
深山 鈴
[ill] ホトソウカ
Hotosoka
勇者パーティーを追放された
ビーストテイマー、
最強種の
猫耳少女
と出会う

Contents

1章　試験を駆け抜けろ

～ Another Side ～

サーリャを助けたことで歓待されたレイン達は、そのまま王城の客室へ泊まることになった。

一人一部屋で、その広さは普通の宿の数倍。ベッドの大きさも倍以上だ。

調度品だけではなくて美術品もあり、贅沢(ぜいたく)ではあるのだけど……しかし、その贅沢さが問題に。

広い部屋に一人となると、寂しさがこみ上げてくることもある。

幼いニーナならば、なおさらのことで……

「すぅ、すぅ……んんぅ……くぅ」

寂しさに耐えかねたニーナは、レインの部屋にこっそりと移動して、ベッドに潜り込んでいた。

遅くまで考えごとをしていたせいか、レインはそのことに気づくことなく、まだ寝ている。

「にゃー……ニーナ、またレインのところに来ているし」

「このお子さま、意外な伏兵?」

レインとニーナを見る影が二つ……カナデとタニアだった。

レインを起こしてあげよう。あわよくば、その寝顔を見よう。そんなことを考えた恋愛脳の最強種二人は、部屋の前で鉢合わせた。

最初は、レインを起こすのは自分の役目だ！　……と、火花をバチバチと散らしたのだけど、ここで争い、大きな声を出してレインを起こしてしまったら元も子もない。

故に二人は同盟を結び、一緒にレインを起こすことにした。

それなのに、まさか、年下のニーナに先を越されているなんて。

先を越されるだけではなくて、レインと一緒に添い寝をしているなんて。

うらやまけしからん！

「タニア」

「なによ？」

「これ……どうしようか？」

「……どうしましょうか？」

ニーナのことは、うらやまけしからんものの、子供のすることだ。

寂しいというのは理解できるから、嫉妬心を燃やしていたら、大人としてアウト。寛容な心を持たなくてはいけない。

それでも、うらやまけしからんという気持ちは消えてくれない。

時に、感情は理屈では制御できないのだ。

「にゃう一……あっ、閃いた！」

「つまらないアイディアだったら容赦しないわよ、色ボケネコ」

「色ボケ!?　っていうか、タニアには言われたくないにゃ……」

「で、どうするわけ？」

「私達も一緒に寝よう！」

カナデは胸を張り、ドヤ顔で言い放った。

「……時々、カナデがとんでもない大物に見えてくるわ」

「にゃん？」

「でもまあ、悪くない案ね。うん。レインを起こしに来たんだけど、なかなか起きないから、ついついあたしらも一緒に……そうね、これは仕方ないことね」

「そうそう、仕方ないことだよ」

「まあ、あたしはこんなことはしたくないんだけど？　でも、カナデがどうしてもしたい、って言ってるし？　邪魔したら泣かれてしまいそうだし？　だから、仕方なくよ」

「なんか、私のせいにされているし……まあいいや。ではでは、さっそく♪」

「あっ、こら！　抜け駆けしないのっ」

カナデとタニアは、にへら、とだらしのない笑顔でベッドに潜り込んだ。

さらに二人が加わり、さすがに暑いらしく、レインが寝苦しそうにうめき声をこぼす。

「にゃー……さすがに、三人は無理があるかな？」

「もっと詰めればいいのよ。ほら、カナデはあっち」

「そんなことをしたら落ちちゃうよ!?」

「そうならないようにがんばりなさい」

「どうやって？」

「さあ？」

「丸投げ⁉　そして、無責任⁉」

「ふふん、この間に、あたしはレインを独り占め♪」

「にゃー……タニアって、レインが寝ている時とか、けっこう大胆だよね。あと、すごく素直」

「う、うるさいわね。仕方ないじゃない。こんなこと恥ずかしくて、寝てる時以外できないわよ」

「まあ、わからないでもないけどねー」

などなど、あれこれと話をしていると、ニーナがもそりと起きた。

「んんぅ……カナデ？　タニア？」

「わっ、起こしちゃった？」

「ち、違うのよ、ニーナ？　これはレインと一緒に寝たいわけじゃなくて、えっと、その……」

「みんな、一緒。えへへ、うれしいな」

無邪気さ百パーセントの笑みを浮かべたニーナは、カナデとタニアに抱きついた。

そのまま、再び寝息を立て始めてしまう。

「……おとなしく寝ようか」

「……そうね」

カナデとタニアは、ニーナを抱きしめるようにして眠りについた。

その後……

目を覚ましたレインは何事かと驚いて、ソラとルナとティナは仲間外れにされたと怒るのだった。

◆

朝……ちょっとしたハプニングがあったものの、朝食をいただき、城を後にすることに。

「もう行ってしまうのですか？　残念です……」

城の入り口まで、サーリャさまが見送りに来てくれた。

とても残念そうにしているところを見ると、もう少し……と思わなくもないが、それはダメだ。

「試験は、すぐにあるわけではないのですよね？　なら、それまで城に泊まっていきませんか？」

「いや、さすがにそれは……」

王城を宿代わりになんてできない。

サーリャさまも王も気にしないかもしれないが、俺が気にする。

「残念です……レインさんのお話、もっとたくさん聞きたかったのですが」

「機会があれば、また。これで会えなくなるわけじゃないですし」

「そうですね、次の機会を楽しみにしています。それまでは、勇者さまに話をせがむことにします」

「勇者？　もしかして、アリオスがここに……？」

「ええ。少し前から、王都に滞在していますよ」

「……そうですか」

ばったり遭遇しないで良かった。

単純に会いたくないというのもあるが、俺の中の血の話を聞いたこともあり、もしも遭遇した場合、どのような顔をすればいいかわからない。

まあ、気さくに話をする間柄ではないので、気にすることはないのかもしれないが。

「じゃあ、俺達はそろそろ」

「はい。レインさん達ならばいつでも歓迎しますので、気軽に遊びに来てくださいね」

「えっと……はい、ありがとうございます」

王城は、気軽に遊びに行けるような場所じゃないのだけど……まあいいか。

内心で苦笑しつつ、サーリャさまの厚意をありがたく思い、しっかりと頷いておいた。

「またねー♪」

「ばい……ばい」

カナデとニーナは笑顔で手を振り、サーリャさまも笑顔で応える。

そうして見送られながら、俺達は王城を後にした。

「この街は活気がありますね」

城を離れて王都の中心部に移動したところで、ソラがそんなことを言う。

「ホライズンにもたくさんの人がいましたが……ここは、それ以上です。たくさんの人がいて、たくさんの建物があって、とても興味深いです」

「うむ、なかなかいいところではないか。レインよ、我は王都の食べものに興味があるぞ。屋台はないのか？　食堂でもいいぞ？」

「探せばあると思うけど、朝食を食べたばかりだろう？」

「我の胃袋は宇宙なのだ！」

体は小さいのに、どうしてそんなに入るのだろう？　成長期なのだろうか？

「すまない。王都観光もいいんだけど、その前に、本来の用事を済ませてもいいか？」

「む？　もう試験とやらが行われるのか？」

「まだ先だけど、受付はもう始まっているらしい。念の為、今のうちに済ませておきたいんだ」

「そういうことなら仕方ないのだ。冒険者ギルドに急ぐのだ」

「意外ですね。食いしん坊魔神のルナなら、食べものを優先させると思っていましたが」

「ふふんっ、我を馬鹿にするな。我は日々、成長しているのだからな！」

「あかんで、ルナ。ソラに軽く馬鹿にされとるで、そのことに気づこうな……？」

みんなでわいわいと他愛のない話をしつつ、王都の冒険者ギルドへ。

王都に構えているだけあって、ここのギルドは相当に広く、とても賑わっているようだ。

若干の緊張を覚えつつ、建物の中へ入ると……

「なっ……お前、レインか⁉」

「あら……ひさしぶりね、元気にしていた？」

アクスとセルという、懐かしい二人と再会するのだった。

◆

ギルドの造りはホライズンと大して変わりない。受付のカウンターがあり、依頼票が貼られている掲示板があり、冒険者同士の交流の場も用意されていた。

ホライズンの数倍は広く、設備も充実しているが、基本的な造りは同じだ。

打ち合わせの途中だったらしく、アクスとセルは見知らぬ冒険者とテーブルを囲んでいる。

「あー……ひさしぶりだな」

「そう、だな」

ぎこちない挨拶。俺もアクスも気まずい顔をして、相手のことをきちんと見ていない。

「おーっ、セルだ。久しぶりだね♪」

「元気にしていたかしら？」

「ええ。そちらは……って、聞くまでもないみたいね」

女性陣は気まずさとは無縁らしく、ひさしぶりの再会を素直に喜んでいた。

「お、おいおい！　セルは、どうしてそんなに気さくにできるんだよ？」

「懐かしい顔に会ったのだから、こうするのが普通じゃない。それとも、イヤな顔をしろと？」

「そういうわけじゃねえけどよ。でも、俺達とレイン達は……」

「対立したわね」

「わかっているなら、どうして……」

「はあ……アクス。あなたバカ？」

その一言は思いの外堪えたらしく、アクスは顔をひきつらせた。

「あの時はともかく、今は対立する理由がないでしょう？　戦いもしたけれど、でも、殺し合いを望んだわけじゃない。それともアクスは、ケンカをした相手とは一生、仲直りをしないのかしら？」

「そんなことはねえが……でも、いきなりのことだし。そう簡単に割り切れないだろ」

「それはあなたが子供だからよ」

ということは、同じく気まずい思いをしている俺も子供なのだろうか……？

尋ねてみたいのだけど、「その通りよ」と言われそうなのでやめておいた。

「って……ごめんなさい。話を中断させてしまって」

セルは、同席する冒険者に謝罪をした。

気の良い人らしく、セルの謝罪に笑顔を返す。

「気にしなくていいさ。話を聞くと、知り合いなんだろう？　俺は行くから、旧交を温めるといい」

「ありがとう」

「お、おいっ、俺は別に……」

「じゃあ、あの件はまた後日に」

冒険者は笑顔を残してギルドを後にした。

「……」

「……」

沈黙。

みんなは二人と話をすることを俺に任せたらしく、なにも言わない。

セルも、アクスに話の主導権を与えたらしく、なにも言わない。

「あー……元気にしていたか？」

「ま、まあな……そっちはどうだ？」

「見ての通りかな」

「相変わらずのハーレムだな……ちくしょう。俺も、それくらいの美少女に囲まれていれば……」

「あら。私では不満ということなら、いつでも解散してもいいわよ？」

「ごめんなさい俺が悪かったですだからそんなこと言わないでください!!」

「い、今、どうやって土下座したのか、まるで見えなかったのにゃ……」

「すごいわね……なかなかやるじゃない」

アクスの超高速土下座を見て、カナデとタニアが妙なところで戦慄していた。

「元気そうだな」

「……レイン達もな」

少しだけど、ようやく互いに笑みを浮かべることができた。

縁が途切れたと思っていたのだけど、でもそんなことはなかった……ということか。

まあ、再び仲良くできるかどうか謎だけど、話ができるだけでもうれしい。

「時間あるか？　その……俺達は時間が空いたからな。少しなら付き合ってやらないでもないぜ」

「ツンデレですね」

「ツンデレだな」

「うるせえ！」

ソラとルナのつっこみに、アクスは顔を赤くして叫んだ。

そんなアクスの誘いを受けることにして、みんなでテーブルを囲むことに。

「改めて……ひさしぶりね。元気にしているみたいで、なによりだわ」

「アクスもセルも、特に変わりはないみたいだな」

「あら、それは成長していないということ？」

「いや、そういう意味じゃ……セルは、意地が悪くなったか？」

「ふふっ、冗談よ」

「……お前ら、仲いいな？　言っておくが、セルの笑顔は俺だけのものだからぐあっ⁉」

「誰が誰のものですって？」

「す、すみませんでした……調子にのりました」

足を踏まれているらしく、アクスは苦悶(くもん)の表情で謝罪した。うん、いつも通りの光景だ。

「ところで、レイン達はどうして王都へ？　もしかして、活動拠点を変えたのかしら？」

「いや、拠点はホライズンのままだよ。ただ、試験を受けようと思って」

「もしかして、Ａランクの？」

「ああ。アクスとセルと別れた後、ホライズンでちょっとした事件が起きて……それを解決したら、Ｂランクに昇格できたんだ。その時、Ａランクの昇格試験のことを聞いて、それで」

「なるほど、いいと思うわ。レインなら問題ないだろうし……でも、これも縁なのかしらね？」

「うん？　それはどういう……」

「内緒。こういうことは、黙っていた方がおもしろいもの」

気になるのだけど、子供がいたずらを企(たくら)むような顔をして、セルは教えてくれなかった。

◆

「それじゃあ、私達はそろそろ行くわ」

しばらく話をしたところで、セルとアクスが席を立つ。それなりに忙しいのだろう。

「よかったら、また会いましょう。これ、私達が泊まっている宿の場所よ」

「ありがとう。俺達はまだ宿を決めていないから、決まったら連絡するよ」

「待っているわ。ほら、行くわよ、アクス」

「わかっているって。その前に……あー、レイン」

「うん？」

「……またな」

「ああ、また」

まだどこか気まずいのだけど、それでも、少しずつ歩み寄れているような気がした。

軽く微笑(ほほえ)みつつ、アクスとセルを見送る。

「さてと……俺達もやることをやるか」

「王都のグルメツアーなのだ！」

「ちがいます」

「昇格試験の申し込みやでー」

「ティナの言う通り。目的を忘れないでくれよ？　グルメツアーは、その後っていうことで」

「聞いたぞ！　約束なのだ！」

苦笑しながら受付に向かう。

「すみません」

「はい、なんですか？」

「って、ナタリーさん⁉」

なぜか、ナタリーさんが受付嬢をやっていた。

「あら、ナタリーの知り合いですか？」

「え？　え？」

「ふふ。その様子だと、私をナタリーと勘違いしているみたいですね」

「違うんですか……？」

「違いますよ。私は、ナタリーの双子の姉のナナリーと言います。よろしくお願いします」

「まさか、ナタリーさんに双子の姉がいるなんて……驚いたな」

「ナタリーはいたずらっぽいところがあるから、あえて黙っていたのかもしれませんね。困った子です……ところで、もしかしてシュラウドさんですか？」

「どうして俺のことを？」

「妹から色々と聞いていますから。色々と、ね……ふふっ」

色々の部分がすごく気になるのだけど、聞いてはいけないような気がして、スルーしておいた。

「では、改めまして……冒険者ギルドへようこそ。本日はどのような用件でしょうか？」

「Aランク昇格試験の申し込みをしたいんだけど、聞いていない？　あ、これは紹介状」

「はい、聞いていますよ。紹介状もお預かりしますね」

ナナリーさんは、テキパキと書類に記述をしてまとめていく。姉も優秀だ。

「手続きは完了しました。試験は後日行われるので、改めて連絡しますね」

「ありがとう」

準備完了。無事に合格できるかわからないが、当日は、後悔のないように全力を尽くそう。

◆

試験開始までしばらくの時間があるので、王都の観光をすることにした。

ホライズンと比べると、王都は天と地ほどの差があった。

街の規模は段違いで、活気や華やかさも桁違いで……さすが、大陸の中心なだけはある。

「うにゃー、すごいね、レイン！　こんなに広い街、私、初めて見たよ」

「ちょっとカナデ。あまりはしゃがないでくれる？　あたしらまで田舎者と思われるじゃない」

「実際、田舎者ではないのですか？」

「うむ。我らはホライズンに居を構えているからな。王都と比べると、田舎と言わざるをえないぞ」

「ホライズンも……良いところ、いっぱい……あるよ？」

「せやなー。良い人ばかりやし、食べものはうまいし、自然も豊かで綺麗や」

ニーナとティナはホライズンの擁護に回っていた。

そんな二人の言葉を聞いて、カナデが弁明する。

「別に、ホライズンを悪く言うつもりはないよ？　にゃー、私もあそこは気に入っているし。ただ、やっぱりここはすごいなー、って言いたかったの」

「一長一短、っていう感じで、どちらも良いところがある、っていうような？」

「そう！　私はそういうことが言いたいの！」

俺は、ホライズンの方が好きだな。

華やかな王都は悪くないのだけど、ホライズンの方が落ち着いていて安らぐ。

「ねーねー、レイン。どこに行く？」

「あたし、美術館を見てみたいわ」

「にゃんですと？　タニアが美術館……あっはっは、ご冗談を」

「あんた、締めるわよ……？」

「にゃん⁉」

逃げるカナデと追いかけるタニア。二人共、元気だなあ。

「おっ？」

ふと、隣を歩くルナが明後日（あさって）の方向を見て、鼻をすんすんと鳴らす。

「この良い匂いは……レイン、こっちなのだ！」

ルナに手を引かれ、やってきたのは屋台だった。

熱々の鉄板を使い、ホットサンドを焼いている。

「おぉ、素晴らしく良い匂いなのだ。わんだほー。レイン、ここはなんの店なのだ？」

「ホットサンドを売っているみたいだな」

「ほっとさんど？　ホットドッグと似たものか？」

「似ていると言えば、似ているかな？　簡単に言うと、焼いたサンドイッチだよ。中にハムとかチーズとか挟んで、熱々でとろけておいしいぞ」

「「「じゅるり」」」

女の子だというのに、全員がよだれを垂らしそうな顔に。

「せっかくだから食べるか？」

「「「もちろん!!」」」

チーズとハムのシンプルなホットサンドを、七人前注文した。

ほどなくしてみんなの分が焼き上がり、香ばしい匂いが漂う。

「はい、どうぞ。熱いから気をつけて」

「いただきます、なのだ！」

まずはルナがかぶりついて……次いで、みんながパクパクとホットサンドを食べた。

ちなみにティナは、人形に憑依（ひょうい）している時だけ食事ができるようになった。ガンツが食事機能を追加してくれたのだ。

「おっ、おおおぉ……これは素晴らしいのだ！　チーズがとろとろで、ハムがジューシーで……熱を加えることで二つの具材がパンと一体化して、口の中で絶妙なハーモニーを奏でるのだ！」

「どこでそんな言葉を覚えたのですか？　はむはむ」

ツッコミを入れつつ、ソラも夢中になって食べていた。カナデは尻尾をふりふりさせて、タニアも尻尾をふりふりさせて……みんな、ホットサンドの虜（とりこ）になり、とてもいい笑顔だ。

「……なんかいいな」

こうして、みんなで一緒にのんびりと過ごしていると、心が癒やされていくみたいだ。

ちょっとした悩みも吹き飛んでしまう……いや、それはウソだ。簡単に吹き飛ぶような悩みなら、苦労はしないよな。

「勇者……か」

「にゃん？　どうしたの、レイン？　食べないの？」

「いや……なんでもないさ。少し、ぼーっとしてただけ」

「いらないいなら、私が……」

「ちゃんと食べるよ。というか、そんなに食べたら、後でごはんが食べられなくなるだろう？」

「にゃう－……」

未練がましい感じで、カナデの耳がぺたんと沈む。

「兄ちゃん、兄ちゃん。ウチのホットサンドは絶品だから、いくらでも食べられるぜ！」

セールスの機会を逃したくないらしく、屋台の店主がそう話しかけてきた。

「それに、彼女が欲しいって言うなら、応えてやるのが彼氏の務め、ってもんだろう？」

「にゃん⁉　か、かかか、彼女⁉　そんな、私は、別に……にゃふふふ♪」

「むうううううっ」

カナデが照れて、なぜかタニアがふくれた。

勘違いされてカナデが照れるのはわかるのだけど、なぜタニアが怒る？

「おじさん……おかわり、ください」

「うちも。っていうか、みんなの分よろしゅうなー」

ニーナとティナもホットサンドが気に入ったらしく、追加注文をしていた。

「おい、勝手に……」

「あう……ダメ、かな？」

ニーナはじっとこちらを見て、ちょっとおどおどとした様子で、小首をかしげる。

そんな風にされて、断れるわけがない。

「はあ……仕方ないな。二つまでだからな？」

「うん。あり、がと……レイン♪」

みんな、うれしそうにおかわりのホットサンドを食べる。

今は、この笑顔を見ていたいから、後のことは気にしないでおくか。

「ところで……兄ちゃん、ここらじゃ見かけない顔だな。旅人かい？」

「旅人というか、冒険者なんだ」

「冒険者っていうと……もしかして、試験を受けに？」

「そうだけど……なんで、わかったんだ？」

「依頼以外で、冒険者が王都に来る理由なんてほぼないからな。それにしても、兄ちゃんが試験か
……うん。良い面構えをしてるじゃねえか。俺は応援するぜ」

「ありがとう。よかったら、試験について話を聞かせてもらいたいんだけど……」

「おう、いいぜ。といっても、俺が話せることなんて限られてるけどな」

試験についてあれこれと聞くものの、事前にギルドで聞いた話とほぼ同じだ。

新しい情報がないのは残念だ……と思った、その時。

「あ、そういや……今回の試験は、勇者さまが試験官を担当するらしいぜ」

「え？　それは……本当に？　どうして、アリ……勇者が冒険者の試験に関わるんだ？」

「俺に聞かれてもわからないさ。ただ、単なる噂じゃなくて、確定した話らしいぜ」

「そっか……ありがとな。おもしろい話を聞けたよ」

「あいよ。また来てくれよ」

礼を言って話を終わらせた。

屋台から離れたところで、小さな声でカナデが話しかけてくる。

「にゃー……あの勇者、またなにか企んでいるのかな？」

「どうだろうな。イリスの一件で、王にかなり絞られた、っていう話は聞いているが……」

本来なら表に出ていない情報なのだけど、サーリャさまが「特別ですよ？」と教えてくれた。

「でも、それくらいであの勇者が真面目になるなんて思えないなー」

「あたしも同感ね。アイツ、性根が腐って捻じ曲がってて、一周回って知恵の輪みたいになってるじゃない。アイツを改心させるよりも、スライムに芸を仕込む方が簡単よ」

「はは……まあ、本当のところはわからないが、当日は気をつけた方がよさそうだな」

あのアリオスが関わるのなら、またなにか事件が起きるかもしれない。

そんな不安が広がり、晴れやかな気分が曇ってしまうのだった。

◆

王都の観光を楽しみ、十分に体を休めて……そして、試験当日を迎えた。

試験会場は、王都から歩いて数時間のところにある遺跡だ。

その遺跡は、遥(はる)か昔……二百年以上も前に作られたものらしい。

最強種が建造したと言われていて、雨風に晒(さら)されているものの、一切劣化していないとか。

現在、遺跡は、有事の際の砦(とりで)として利用されている。過去、魔王との戦争が勃発した時に、砦に立てこもり、敵を迎撃したとか。

遺跡の名前は、『大地の楔(くさび)』。

「おー、人がいっぱいだねー！」

遺跡の手前にある広場が、集合場所に指定されていた。

ざっと見た感じだけど、百人以上の冒険者が集まっている。

「これ、みんなBランクの冒険者なのか……壮観だな」

「にゃん？　仲間もいるから、私達みたいに、みんながみんなっていうわけじゃないんじゃあ？」

「あ、それもそうか」

試験はパーティーで挑むことができるから、俺と同じように仲間を連れて来ているのだろう。

「みんな、あたしらのライバルっていうわけね。ふふ、腕が鳴るわ！」

「直接対決は少ないと思うぞ。競うっていうよりも、一定の基準に満たないものを振り落とす、っていう感じの試験らしいからな」

「なるほど……それはそれで、めんどくさそうね。戦う方が楽なのに」

「そのバトル思考、ちょっとは直そうな？」

「はい、注目」

のんびり話をしていると、パンパンと手を鳴らす音が響いた。

振り返ると……セルの姿が。

「私は、Ａランク冒険者のセル。今回、試験官を務めることになったわ。よろしく」

まさか、セルが試験官を務めるなんて……先日言っていた縁というのは、これのことか。

他にも、十名弱の冒険者が見える。皆、試験官なのだろう。

セルが代表して挨拶をするなんて、思っていたよりもギルド内での立場は高いのだろうか？

「ほー、セルって偉いんやなあ」

「でも……アクスが、いない……ね。どうしたの、かな？」

「そういや、そうやな。あの二人、いつも一緒なんやけど」

「ケンカ……した、とか？」

「せやなー。あるいは、ついにアクスが振られたとか？」

かわいそうだから、そういう想像はやめてあげて。

でも、二人の言う通り、アクスがいないのは謎だ。どうしたのだろう？

「無数の試験に挑み、その全てをクリアーした時、Ａランクになれるわ。試験の内容は、当然、開始まで秘密。いくつあるのか、それも秘密。だから、ペース配分を間違えないように気をつけて」

ゴールがわからないというのは、なかなかに厄介だ。

セルが言うように、ペース配分は大事だけど、それ以上に強い心が要求される。いつ終わるかわからない耐久レースというのは、精神的疲労が激しい。途中で心が折れる人も出てくるだろう。

「それじゃあ、さっそく一つ目の試験を行いたいのだけど……その前に、特別ゲストを紹介するわ」

特別ゲスト？　もしかして、この前、屋台のおっちゃんが言っていた……

「知らない人はいないと思うけど……勇者アリオスよ」

嫌な予感が的中した。

セルの挨拶で、奥に設置されているテントからアリオスが姿を見せた。

さらに、アッガス、リーン、ミナが続いて……

「うん？」

最後に知らない女性が現れた。騎士のような格好をしているが、誰だろう？

「今回は、勇者……さま達も審査に加わってもらうことになったわ。審査が厳しくなることはないけれど、気を引き締めてちょうだい」

「やあ。今、紹介に与(あずか)ったアリオスだ。勇者といった方がわかりやすいかもしれないな。ちょっとした縁があって、試験官を務めることになった。皆の健闘を期待しているよ。よろしく頼む」

アリオスはさわやかな笑みを浮かべて、それを見た冒険者達は、おおおぉ、と声を震わせる。

あの勇者さまに激励されるなんて。力を見せるチャンス。あわよくばパーティーに。

そんな感じで、冒険者達は奮起する。

「うにゃー……偉そうでむかつく。というか、なんでアイツ、あんなところにいるの？」

「王にこってりと絞られた、と聞いているが……改心したのかな？　それで、育成に力を？」

「そんなわけないよ」

カナデが即座に否定した。

他のみんなも、うんうんと、何度も頷（うなず）きつつ同意する。

まあ、自分で言っておいて、それはないかな、なんて思う。

「だとしたら……試験官を務めることが、やらかした罰なのかもしれないな」

「にゃん？　どういうこと？」

「犯罪者は、社会奉仕……ボランティア活動などを命令されることがあるんだ。同じような感じで、アリオスも試験官を命じられたのかも。知らない女性がいるし……たぶん、監視役なのかな？」

「えー……じゃあ、あの勇者、正規の手順で参加しているんだ。イヤだなあ……」

「あんなヤツがいるなんて……あたし、すっごいやる気なくしたんだけど」

「帰ってもいいですか？」

「というか、魔法で吹き飛ばしていいか？」

アリオスなんかに激励されたことで、みんな、逆にやる気をなくしていた。

いや、ソラとルナは好戦的になっているから、これはこれでアリなのか……？

「あ、そーゆーことなん」

考えるような仕草をとり……ややあって、ティナが納得顔で手の平をぽんと打つ。

「どうしたんだ？」

「アクスがいない理由を考えてみたんやけど、あの勇者が出てくるなら納得かなー、って」

「うん？　どういうことだ？」

「アクスって、良くも悪くも真っすぐやろ？　あんなことがあったから、同じ舞台に立ちたくないんやろうな。セルは大人やから、色々と思うところはあるけど我慢してる、っちゅーところやな」

ティナの説明は的確で、おそらくはその通りなのだろう。

アクスの性格はなにも変わっていないらしく、そのことがうれしい。

「ふふんっ」

ふと、アリオスがこちらを見て、挑発的な笑みを浮かべてみせた。

ピキリと、カナデとタニアがこめかみの辺りをひくつかせる。

「ねえねえ、レイン。アイツ、きっとまたなにか企んでいるよ？」

「今のうちに潰しておく？」

ついつい、賛成と言いそうになってしまう。

「ダメですよ。そんなことをしたら、ソラ達が悪者になってしまいます」

「我らは勇者の悪行を知っているが、ここにいる者達はなにも知らないだろうからな。まだヤツの悪行よりも勇者の名声の方が上、というわけなのだ」

「勇者に手を出せばどうなるか。下手しなくても、ソラ達は失格ですね」

「それだけで済めばいいが。最悪、ここにいる全員を相手にすることになるぞ」

「や、やだなあ。本気で言っているわけじゃないよ」

「冗談よ、冗談」

たぶん、カナデとタニアの二人は本気だったと思う。

そう思ったのだけど、指摘はしないでおいた。

「なにかしてくる可能性はあるけど、試験を降りるわけにはいかない。十分に気をつけていこう」

「うん、わかったよ！」

「がんばりましょう」

タイミングが良すぎるため、おそらく、アリオスはなにか企んでいるのだろう。

でも、逃げない。なにかしらしかけてきたとしても、真正面から打ち破るのみだ。

「それじゃあ、そろそろ試験を開始するわ」

挨拶を終えたアリオス達は奥のテントへ戻り、再びセルが前に出た。

いよいよ試験が始まる。

緊張はあるのだけど、それだけじゃなくて、多少の余裕があってわくわくしていた。

一人だとしたら不安でいっぱいかもしれないが、みんなが一緒だからなにも問題はない。

よし。絶対に合格してみせる！

「最初の試験は……マラソンよ」

◆

大地の楔は、横三キロ、縦二キロ。地下も含めると、高低差が百メートルはある巨大な遺跡だ。

第一の試験は単純明快で、そんな遺跡の周囲をぐるぐると走るだけ。

ただし、何周すればゴールなのかわからない上に、最後尾を走る試験官に抜かれると失格だ。

一定のペースで、試験官に抜かされないように走り続けないといけない。ゴールが見えることはなく、しかも、常に追われるという心理的圧迫感。

体力を試されるだけではなくて、心の強さも試されるという、厄介な試験だ。

……開始前は、そんなことを思っていた。

◆

「ふふーんっ、私の方が速いね！」

「あたしはまだ余力を残しているわ。ペース配分っていうものがあるのよ」

試験が始まると、カナデとタニアが一気に抜け出して、先頭を走り出した。

最後尾を走る試験官に抜かれなければいいのだから、競い合う必要はないのだけど……闘争本能が刺激されているのか、二人共、バチバチと火花を散らしている。

速度がどんどん上がり、その背中が遠ざかる。

まあ、二人は体力があるし、心配はしていない、むしろ心配なのは……

「おっ、おおおぉ……た、タニアよ。もう少しゆっくりと……上下の揺れが激しくて、うぷっ」

「か、カナデ……？　ソラはあまり激しくされると、色々と大変なことになってしまいそうで……」

二人におんぶされているルナとソラが、顔を青くしていた。

このマラソン、魔法もスキルも仲間の手助けも、なんでもありというルールだ。制限時間いっぱい、誰も試験官に抜かされなければそれでいい。

なので、体力のないソラとルナは、カナデとタニアにおんぶしてもらうことにした。カナデとタニアは体力があるため、それくらいハンデにもならない。

事実、カナデとタニアはトップを爆走し続けていた。

競い合うほどに元気だった。

ただ、あまりに元気すぎた。

激しく走るものだから、背中の二人はぐらぐらと揺さぶられて……

「おおぅ……わ、我はもう限界だぞ……やばい、マジやばいのだ」

「ルナ……ソラ達はもうダメなのですか？　これ以上は……あうぅぅ」

二人は完全に酔ってしまい、魂が抜けたような顔になっていた。

そんな二人に気がつくことなく、カナデとタニアの競走はさらに激しくなっていく。

「うにゃー。タニア、やるね」

「カナデこそ、けっこうやるじゃない。見直したわ」

「ふふんっ、それでこそ私のライバルだよ。戦い甲斐があるっていうものだよ」

「その余裕、いつまで保つかしら？　ふふん、そろそろ本気を見せてあげる！」

「なら、私も本気でいくよ！　この勝負、私が勝つからね！」

「「やめてええええええ────!?」」

カナデとタニアがトップギアに入り……そして、二人の悲鳴がドップラー効果となって消えた。

今更だけど、ソラとルナには、魔法で飛んでもらった方がよかったかもしれない。

二人共、無事でありますように……ついつい、そんなことを祈ってしまう。

「あの、ね……レイン」

背中のニーナに、ぽんぽんと肩を叩かれた。

ちなみに、ニーナは俺がおんぶしている。

そして、ティナはニーナの頭の上に座っている。

俺がニーナをおんぶして、ティナはニーナの頭の上に座り……親子亀的な構図になっていた。

「わたし……重く、ない？」

「ぜんぜん重くないぞ。むしろ、軽いくらいだ。しっかりと食べているか？」

「え……あ、うん。食べているよ。ルナの作るごはん……おいしいから、好き」

「そっか。それならいいんだ」

こうしておんぶをするとわかるのだけど、ニーナは本当に軽い。

子供ということを差し引いても、ちょっと軽すぎるような気がするのだけど……

「しっかりと食べて、もっと大きくなるんだぞ」

「えと……それは、その……あう」

なぜか、ニーナが困ったような声をこぼす。

「あかん、あかんでー、レインの旦那」

「うん？　俺、なにかやらかしたか？」

「おもいきりな。女の子に大きくなれなんて、そんなこと言うもんやないで。気にする子は気にするからなー。というか、女の子なら誰もが気にするようなことや」

「あ、そういう」

たぶん、体重のことを言いたいのだろう。

俺としては、元気にすくすく育ってほしい、と言ったつもりなのだけど……失言だったか。

「ごめん、そういうつもりじゃなくて、たくさん食べて元気でいてほしい、っていうつもりで……」

「う、うん……大丈夫、だよ。レインの気持ち、わかっているつもりだから」

「んー、ニーナはかわええなあ。そんな健気なことを言うなんて、なかなかできへんで」

「えへへ……褒められ、ちゃった」

上を見ると、照れるニーナを見て、孫を見るような顔をしたティナの姿が。

ニーナがかわいいのはわかるけど、もうちょっと別の顔をしような？

「でも……わたし、本当に重くない……？　大丈夫？」

「大丈夫だって。全然大したことないさ、軽いくらいだ」

「よかった……」

「むしろ、ティナの方が重いかもな」

「ひどっ!?　なんで急にウチに矛先が向くんや!?」

「ごめんごめん、つい」

「まったく。レインの旦那やなかったら、セクハラで訴えているところやで」

「悪かったよ。お詫びに、なんでもいうことをきくから」

「ほほー、それはええことを聞いたな。なにしてもらおうかな？　ニーナ。なにがええと思う？」

「なんでニーナに聞くんだ？」

「ふふん。ウチとニーナは一蓮托生や。ウチの願いはニーナの願い！」

「それ、使い所を間違っているからな？」

「なでなで、に……しよ？」

「かわええ願いやなー、さすがニーナや！」

耐久レースの途中なので、本来ならおしゃべりは避けた方がいいのだけど、まだ余裕はある。

まだまだ走ることができるし、いざとなれば『ブースト』で身体能力を強化すればいい。

それに、みんなとあれこれと話をしていると力が湧いてくるんだよな。

自然と心に余裕ができて、リラックスして走ることができるため、無駄な体力を使わないのだ。

「さて、がんばろうか」

「がんばれ、レインの旦那！　ウチらがついてるでー！」

「がんばって、ね？　応援……しているよ」

二人の応援があれば、いくらでも走ることができそうだ。

俺は気合を入れ直して、走る速度を少し上げた。

～ Another Side ～

最後尾を走る試験官は速度を少し上げて、新たに一人の受験生を追い抜いた。

「これで八人か」

試験が始まり、一時間が経過した。

例年なら二十人くらいは脱落しているのだけど、今年はまだ八人。

今年の受験生は豊作かもしれない。

いや……豊作の斜め上、異常かもしれない。

「にゃあああ、抜かされた⁉」

「ふふんっ、あたしに敵（かな）うと思わないことね！」

ものすごい勢いで駆ける二人組のせいで、試験官が周回遅れになっていた。

さらに前を見ると、狐（きつね）耳の少女をおんぶした青年が、談笑しながら走っている。

真面目にやれと苛立（いらだ）ち、試験官は速度を上げるが、なぜか一向に追いつくことができない。

こちらが速度を上げれば向こうも速度を上げて、スルスルッと逃げられてしまう。

そんな無茶苦茶なことを、青年達は談笑しつつ、あっさりとやってのける。

「今年の受験生は、いったいどうなっているんだ……？」

◆

二時間ほど走り続けたところで、第一の試験が終了した。

三十人が脱落したのだけど、試験官の様子を見る限り、想定外らしい。

やりすぎた、とか。あの勢いに引っ張られた、とか。

そんな言葉が聞こえてきたが、意味はよくわからない。

まあ、俺達は合格することができたので、細かいことは気にしないでおこう。

ただ、二時間も走り続けるのはさすがに疲れた。試験官もやり過ぎたと思っているらしく、次の試験まで間を空けてくれた。今のうちにテントで休憩をしよう。

「ふぅ、くたびれたな」

「おつかれやでー」

「ん……レイン、これ」

ニーナが亜空間からタオルと水を取り出して、こちらに渡してくれた。

「ありがとう」

「えへへ」

お礼になでなでするると、ニーナは、うれしそうに三本の尻尾をゆさゆさと揺らした。

「はぁっ、はぁっ、はぁっ……わ、私の勝ちだね！」

「くはっ……ね、猫霊族に体力で勝てるわけないじゃない。っていうか、引き分けでいいと思うわ」

カナデとタニアは、本気で競い合っていたらしく、二人揃(そろ)って見事にバテていた。

最後の方はふらふら歩きだったが、それでも試験官を周回遅れにしていたから問題はない。

「……えっぷ……」

「……うごぉ……」

ソラとルナはおもいきり酔ったらしく、青い顔をして倒れていて、ぴくりとも動かない。

二時間もの間、馬車で悪路を走り続けたようなものだから、かなり辛(つら)かっただろう。

「ソラ、ルナ。だい、じょうぶ……？」

「あーうー……ダメです……」

「天地がぐるぐる回っているのだ……あは、あははは……」

「よし、よし」

「ほれ、ウチが癒やしたるでー」

ニーナとティナが二人の看病をする。

カナデとタニアはやらかした方なので、放っておかれていた。

まあ、あの二人はなんだかんだで元気そうだから、特に問題はないだろう。


そして……三十分の休憩の後、第二の試験が行われることに。

広場に戻ると、訓練用の木人が設置されていた。

木人の表面には、魔術的な模様が描かれていて、なにかしらの仕掛けが施されているみたいだ。

そんな木人について、セルが説明をする。

「これは特別な魔法がかけられた木人よ。まずは、これを見てちょうだい」

「ファイアーボール！」

セルが合図を送ると、待機していた試験官が、木人に向けて魔法を放つ。

火球が木人に当たると、『54』という数値が表示された。

「ご覧の通り、この木人はダメージを数値化できるの。次の試験はこの木人を使い、５００以上の数値を叩き出すこと。物理でも魔法でも構わないわ。５００に達しない人は、そこで失格よ」

初級のファイアーボールが『54』なら、上級魔法を使わないと厳しいかもしれないな。

気を引き締めて、全力でぶつかることにしよう。

「それじゃあ、まずはそこのあなた達から」

端から順にパーティーごとに呼ばれていき、冒険者達が試験に挑む。
638、340、225……色々な数値が叩き出されていく。
今回はパーティー単位で挑むため、脱落者が出ても他の誰かが合格すれば問題はない。

それでも、合格率は五割というところか？　なかなかに厳しそうだ。

「次は……あなた達の番よ」

「よし、俺達の番か……がんばらないとな！」

「うん、そうだね。私も一生懸命がんばるよー！」

三十分の休憩で元気を取り戻したカナデは、笑顔いっぱいで、ぐるぐると腕を回した。

それを見て、セルが慌てる。

「えっと……本気は出さないでね？　手加減してちょうだいね？」

「はっはっは、なにを慌てているんですか、セルさん」

焦るセルに、他の試験官が笑いかける。

「彼女は猫霊族で、第一の試験でとんでもない結果を叩き出した。しかし、この木人は特別製ですからね。とびきり頑丈に作ったから、最強種でも壊せないですよ、ははは！」

「あなたは、彼女のことをよく知らないからそんなことを言えるのよ。彼女は……」

「さあ、全力で打ち込むがいい」

セルが補足しようとするが、試験官は待たず、カナデに開始を告げた。

「それじゃあ、いくよーっ！　うにゃあああ……」

木人の前に移動したカナデは、腕をぐるんぐるんと回して気合を溜める。

溜めて、溜めて、溜めて……そして、全力で殴る！

「にゃんっ!!」


ゴガァアアアアアッ!!


極大の一撃が放たれた、遠くまで轟音が響き渡る。

木人はカナデの一撃に耐えるが、土台は耐えられなかったらしい。石の土台が砕けて、木人が遥か彼方に吹き飛んだ。

試験官が唖然とする中、遠く、地面に転がる木人の上に『８９８０』という数値が表示された。

「やった、合格！　にゃん♪」

無邪気に喜ぶカナデの傍らで、試験官が言葉を失っていた。

それを見て、言わんこっちゃない、とばかりにセルがため息をこぼす。

「……よ、よし。では、次は君だ」

我に返った試験官は改めて木人を設置して、ルナに声をかけた。

「む？　我か？」

「そうだ。君ならとんでもないことはできそうにないし……うん、次は君だ」

「むかっ」

最強種としてのプライドが傷ついたらしく、ルナがイラッとした顔に。

「ああ、そんな煽（あお）るようなことを口にしたら……もうっ」

セルは再びため息をこぼし、そっと後ろに退避した。

俺達も後ろへ下がる。

「うん？　どうしたんだ？　なぜ後ろに下がる？」

「いや、巻き込まれたくないので……」

「なんのことを言っている？」

不思議そうにしている試験官の手を取り、無理矢理木人から引き離した。

「くく……我が本命ということを教えてやるのだ！　刮目（かつもく）するがいい！　我こそは最強にして至高！　さらにプリティでかわいい、マスコットアイドル！　我の力を見るがいい！」

「プリティとかわいい、同じこと言ってるやん」

「ツッコミを入れてないで、ティナも退避しような？」

ティナをしっかりと抱えて、しゃがんで頭を抱える。みんなも似たような体勢に。

そして……

「アルティメットエンド!!」

大型の立体魔法陣が宙に形成されて、ルナの超級魔法が炸裂した。

轟音に次ぐ轟音。そして、撒き散らされる衝撃波。光が氾濫して、大地が大きく揺れた。

破壊の力が荒れ狂い……そして、木人は消滅した。

「なぁっ⁉」

どんな攻撃を受けても壊れるはずのない木人が粉々になり、試験官は愕然とした。

「む？　消し飛ばしたから、数値がわからないのだ……この場合はどうなるのだ？」

「……」

「おーい、どうしたのだ？　どうなるのか、早く教えるのだ」

「あ……えと……はい、合格です」

「ふははは っ、どうだ、我の力を見たか!!」

ルナの高笑いが響く中、試験官は、しばらくの間、その場から動けないでいた。

◆

次の試験会場は遺跡の中らしい。

大きい広間にテーブルとイスが等間隔で並べられていた。

「次は筆記試験よ。Aランク冒険者には、力だけではなくて様々な知識が求められるからね」

セルの合図で、試験官がテスト用紙を配る。

「テストは百点満点で、合格ラインは八十点。一点でも足りなければ失格。ただし、今回もパーティーの誰かが合格すれば大丈夫よ。参謀役がいるということを証明できればいいの」

百点中の八十点か……それなりの難易度だけど、諦めることなく、しっかりとがんばろう。

「制限時間は一時間。カンニングなどは、もちろん失格。バレなければいい……なんてことを考えないように。ありとあらゆる手段で監視しているから」

見ると、周囲にたくさんの試験官がいた。

魔法を使用するだけではなくて、魔道具も使っているらしい。完璧な対策だ。

「それじゃあ、はじめ！」

セルの合図で筆記試験が始まる。

「うわ……」

問題を確認して、ついつい驚きの声をこぼしてしまう。

一般知識から始まり、歴史、地理、戦術……多種多様の問題が揃えられていた。どれもレベルの高い問題で、応用や柔軟な思考が求められていて、かなり厄介だ。

みんなは大丈夫だろうか？

カンニングと疑われない程度に視線を動かして、みんなの様子を見る。

「うにゃ……？　にゃあああ……はううう？」

試験が始まったばかりなのだけど、カナデはすでに目をぐるぐると回していた。

知恵熱が出ている様子で、今にも倒れてしまいそうだ。無理をしない程度にがんばってほしい。

「すぅ、すぅ……くぅ」

タニアは……寝ている⁉

この短時間で全問解いたということはありえないから、問題を見て諦めたのだろう。

後は俺達に任せる、というような感じで、大胆不敵に、おもいきり寝ていた。

「ふむふむ。なるほど……こういう問題ですか」

「ふははは、この程度の問題、我にかかれば余裕なのだぞ！」

「そこ、私語は慎みなさい」

ソラとルナは順調らしく、ペンを走らせる手が止まらない。とても頼りになる。

高笑いをしたルナが怒られているが、まあ、それは愛嬌(あいきょう)ということで。

「ん……うぅ？　んー……んう？」

まだ幼いから仕方ないのだけど、ニーナはしきりに小首を傾(かし)げていた。

それでも諦めないで、必死にペンを走らせている。タニアはニーナを見習ってほしい。

「ふーん、ふーん♪」

ティナは鼻歌を歌いつつ、余裕の表情で次々と問題を解いている。カリカリとペンが走り続けて、それは一秒も止まらない。楽勝やでー、なんて声が聞こえてきそうだ。

今まで気にしたことはないのだけど、もしかして、ティナは頭が良いのだろうか？

「よし！　俺も負けていられないな」

目の前の問題に集中して、俺はペンを持つ手を動かした。

◆

試験が終了して、採点のため、一時間の休憩が設けられた。

ぐるぐると目を回すカナデを看病している間に一時間が経ち、結果が発表される。

「合格したのは、俺とティナか。けっこうギリギリだったな」

パーティーで合格ラインの八十点を超えたのは、俺とティナだけだった。

他のみんなは、残念ながら合格点に届いていない。

「うにゃー……あんなテスト、反則だよぉ。わかるわけないって」

「あたしの知性は、テストなんかじゃ計れないわ」

「タニア、それ負け惜しみだからね？　しかも、かなりかっこ悪い言い訳だからね？」

「そ、そんなことないわよ。竜は知的な生き物なんだから」

「その知的な生き物が、真っ先に寝るのはどうかと思うよ」

「うぐっ」

カナデにもっともな正論をぶつけられて、タニアがたじろいだ。

本人もどうかと思っていたらしく、なにも反論できない。

「わたしも……合格できなかった。ごめん、なさい」

「気にすることはありませんよ。ニーナはよくがんばりました」

「そうなのだ！　合格できなかったのは我らも同じだから、気にすることはないぞ」

しょんぼりとするニーナを、ソラとルナが励ます。

「それにしても、ソラとルナも落ちたのは意外だな。けっこう良い調子だと思ったんだけど」

「精霊族は様々な魔法を扱うため、色々な知識を習得していいます。テストは得意なのですが……」

「人間の歴史問題がまずかったのだ。あんな問題を出されても、我らにわかるわけがないぞ」

「ああ、そういう」

ソラとルナは頭は良いが、精霊族は人間と断交していたため、知識に偏りがある。

人間の歴史なんていう問題を出されたら、さすがに難しいのだろう。仕方ないことだ。

「一番すごいのはティナだよね。こう言ったらなんだけど、ちょっと意外かも」

「合格者はレインだけかも、なんて思ってたけど、ティナも合格するなんてね。見直したわ」

「カナデもタニアも、そんな褒めんといてー。うち、照れるわ」

「ティナ……すごい、えらい。かっこいい……よ♪」

「おおう、ニーナまで。やばい、めっちゃ恥ずかしくなってきたわ」

「それにしても、ティナは博識なんだな。どこであんな知識を？」

ティナは、全ての難問を突破して……なんと、驚きの百点満点を叩き出していた。

それほどの知識をどこで手に入れたのか、興味がある。

「や、大したことないで。ほら、ウチって幽霊やろ？　しかも、三十年物」

「漬け物みたいな言い方だな」

「三十年も幽霊やってると、やることなくてなー。前に膨大な蔵書がある学者の家に隠れて住んでたことがあったんやけど、その時、ヒマやから片っ端から本を読んでたんや。万は超えてたかな？やから、自然と知識が増えていった、っていう感じやな」

「にゃー。コツコツと努力を積み重ねた結果なんだね」

「ティナ……すごい、ね」

「え？　いや、その……」

みんなからキラキラと尊敬の眼差し（まなざ）しを向けられて、ティナがたじろいだ。

恥ずかしそうに頬を染めて、あたふたと慌てる。

「や、その……単なる暇つぶしで得た知識やから、そんな威張れるようなもんやないし……いや、ホンマ大したことないねん！　だから、そういう目は……あううう」

「ティナの貴重な照れ顔、ゲットですね」

「ふふん、魔法で記録しておくか？」

やめてあげて。

～Another Side～

「筆記試験で百点だと⁉」

「バカな！　あのテストの中には、宮廷魔術師ですら解けない問題が混ざっていたというのに」

「もう一人、満点ではないが、高得点の合格者が出ていて……なんなんだ、あのパーティーは？」

ざわつく試験官達を見て、セルは軽い笑みを浮かべた。

「まあ、レイン達ならば、これくらいはやってくれるでしょうね」

基本的に、セルはレイン達のことは好ましく思っている。あのような別れ方になったものの、それは仕方ないと割り切っていた。

だから、レイン達が評価されることはうれしく思う。

この調子なら、レイン達は問題なく昇格試験に合格して、Aランクになるだろう。

その時は、祝いの言葉の一つでも贈りたい。

できれば、アクスと一緒に。

◆

三度の試験が行われた結果、八組のパーティー、三十人にまで絞られた。

「……ふんっ、つまらないな」

結果を見たアリオスは、つまらなそうに鼻を鳴らして、資料を机の上に放り投げた。イスの背もたれによりかかり、足を組む。

レインのパーティーが落第していないことが、非常につまらない。おもしろくない。

途中で落第したのなら、君の実力はその程度だ、と笑ってやったものを。

しかし、レイン達は落第することなく、逆に好成績を収めていた。

試験官はレイン達を称賛して……それを耳にする度に、アリオスは強い不快感を覚えた。

うるさい！　この僕の前で、くだらない話をするな！

「……っ……」

思わず、そう叫んでしまいそうになるが、なんとか我慢した。

そのようなことをしたら、勇者の名誉に傷がついてしまうだろう。

それだけではなくて……これからの計画に支障が出てしまうかもしれない。それはダメだ。

「ねえねえ、アリオス」

アリオスが滞在するテントにリーンが顔を見せた。

彼女一人で、他のメンバーは見当たらない。

「ちょっと聞きたいんだけどさー……今更なんだけど、なんでこんなことしてるわけ？」

「うん？　こんなことというのは？」

「試験官のこと。こんなめんどくさいこと、なんで引き受けたのかなー、って」

「リーンは反対なのかい？」

「んー……反対ってほどじゃないけど、めんどうかな。大した金にならないし、あたしらの評判が高くなるわけでもないし。メリットが少なくない？」

「確かに、メリットは少ないかもしれないね」

「でしょ？　なんだったら、今からバックレない？　王さまに呼ばれたとかなんとか言って」

「そうしてもいいが……でも、やらないといけないことがあるんだ」

「やらないといけないこと？　なにそれ？」

「とても大事なことさ」

アリオスは冷たい笑みを見せた。

その瞳には暗い闇が宿っているが、リーンはそのことに気づかない。

「ま、アリオスがそう言うならしゃーないか」

「すまないね」

「いーよいーよ。めんどいけど、しばらくはおとなしくしなきゃいけないわけじゃん？　なら、こうして地道な活動して、ポイントでも稼いでおかないとねー」

「なんだ、わかっているじゃないか」

「でも、退屈。こんな地味な仕事さっさと終わらせて、街へ遊びに行きたいわ」

ぼやきつつ、リーンはテントを後にして……入れ替わるようにモニカが姿を見せる。

「アリオスさま、おまたせしました」

「……首尾はどうだ？」

「はい、なにも問題はありません」

モニカは妖しく微笑み、アリオスにメガネを差し出した。

「こちらが例のアイテムになります」

「へえ、これが……見た目は普通のメガネだな」

「見破られてはいけませんから、そのための偽装です。しかし、効果については問題ありません」

「レインは、即死魔法を防いだこともあるが、その点については？」

「まあ、そのようなことが……そうですね」

考えるような仕草をとった後、モニカが口を開く。

「問題ないかと。このアイテムは対象に害を及ぼすわけではなくて、ただ単に観察するだけです。そんなものにいちいち反応していたら、レインさんは日常生活がおぼつかないはずなので」

「それもそうか」

「アリオスさまはこのメガネで、レインさんのことを見てください。そうすれば願いは叶います。とあるパーティーを焚きつけておいたので、ほどなくして機会が訪れるでしょう」

「わかった、そうすることにしよう」

アリオスはメガネを受け取り、暗く暗く……淀んだ表情をした。

「くくく……これで、あの時の屈辱を晴らすことができる。見ていろよ、レイン！」

2章　最終試験

次の試験は万全の状態で挑んでほしいと言われ、休憩が設けられた。

その台詞……そして、残った人数や時間を考えると、おそらく、次が最後の試験なのだろう。

そのことを証明するかのように、試験官達は忙しなく歩き回り、準備に追われている。

「……すぅ、すぅ……」

「……くぅ、くぅ……」

ソラとルナは、互いに寄りかかるようにして昼寝をしていた。

簡易テントの下なので、日差しが直撃することはなくて、心地よさそうな寝息を立てている。

いつも二人一緒なのが微笑ましい。

カナデとタニアは、ヒマだからという理由で遺跡の探検に出た。

おみやげ期待してね、と言っていたが……いったい、なにを取ってくるつもりなのか？

「あふ……レインの、気持ちいい」

「おー、ニーナ。すっごいとろけ顔やなあ」

「うん。レイン……すごく上手だから」

「ええなー。ウチもしてほしいなー、気持ちよくなりたいわー」

「ティナは尻尾がないだろ」

俺はというと、ニーナを膝に乗せて、彼女の尻尾のブラッシングをしていた。

三本もあってそれぞれが大きいため、手入れが大変で、放置してしまうこともあるとか。

それではいけないと、俺がブラッシングをすることになったのだ。

動物と仲良くなるための方法の一つとして、ブラッシング技術も学んでいる。櫛(くし)を使い、ニーナのふさふさの尻尾をゆっくりと丁寧に、優しく梳(す)いていく。

気持ちよさそうに目を細くするニーナと、そんな彼女を優しく見守るティナ。試験の途中とは思えないくらい、まったりと、のんびりとした空気が流れていた。

「おいおい、なんでこんなところにガキがいるんだ？」

まったりとした空気を壊すように、野太い声が響いた。

振り返ると、ニヤニヤと嫌な感じで笑う、他のパーティーが。

「ここは、Aランク昇格試験の会場だぜ。子供は家に帰りな」

「まさか、試験に受かるとか思っていないだろうな？　だとしたら、とんだ勘違い野郎だぜ」

テンプレ的な絡まれ方なのだけど……なんだろう？　どこか不自然なものを感じた。

「なんか、感じ悪いやつらやなあ……やったる？」

ティナが不機嫌そうな顔をして、小声で問いかけてきた。

「やめとけ。こういう連中は相手にしない方がいいぞ」

「せやな。アホがうつってもかなわんしな」

「てめえら……聞こえてるんだよ！」

「もしかして、わざとか？　ちと注意するだけのつもりだったが、どうしてやろうか？」

「……悪かった。謝るよ」

騒ぎにしたくないので、頭を下げることにした。

しかし、そのせいで余計に調子に乗ってしまう。

「はっ、とんだ腰抜けだな。それなのに、俺らのことを悪くいうとか、だせえんだよ」

「よし。許してほしいなら、そのガキをよこせ。神族だから。きっと高く売れ……がっ⁉」

「今、なんて言った？」

男の胸ぐらを摑む。

俺のことはどうでもいいが、仲間に絡むことは許せない。

「ぐっ、こ、こいつ……なんて力だ⁉」

「ニーナに手を出すつもりなら、それ相応の覚悟をしてもらうぞ！」

「そこまでにしてもらおうか」

間に割って入ったのは……アリオスだった。

「このようなところで騒ぎを起こすなんて、君達はどういうつもりかな？」

——これ以上騒ぎを起こすのならば、こちらにも考えがある。

そう言うかのように、アリオスは剣の柄に手をかけていた。

「お、俺達は別に……」

「な、なんでもないですよ」

気まずそうにする男たちを見て、なんだかバカバカしくなり、手を離した。

男達はこちらを睨みつけた後、立ち去る。

覚えておけ、と言いたかったのかもしれないが、もう忘れた。

「やれやれ。あまり僕の手を煩わせないでほしいのだけどね」

「悪かったな」

アリオスに謝罪するのは癪だけど、今回は俺にも非があるので、素直に謝罪しておいた。

そして、テントに戻ろうとするが……

「待て、レイン」

アリオスに呼び止められた。

何事かと振り返ると、アリオスは親しげな笑みを見せてくる。

「今は休憩でヒマだろう？　せっかくだから、模擬戦でもしないか？」

「模擬戦？　アリオスと？」

「ああ、どうだい？」

コイツは、いきなりなにを言っているのだろう……？

あまりにも突然すぎて、ひたすらに怪しい。なにか企んでいるとしか思えない。

模擬戦にかこつけて、俺に怪我をさせて落第させようとか、そんなことを考えているのでは？

根拠はないのだけど、それなりの付き合いなので、アリオスがやりそうなことは理解している。

「断る。試験に備えて、ゆっくりと休んでおきたい」

「つれないことを言わないでくれよ。軽く体を動かす程度さ。それに……軽いものとはいえ、騒ぎを起こしたキミを、このまま無罪放免っていうわけにはいかないんだよ」

「あの連中は？」

「仲間がお灸(きゅう)をすえているさ。キミだけを罰するなんてことはしない、神に誓ってもいいよ。なんなら、他の冒険者、あるいは試験官の証言をとってもいい。どうだい？」

　そこまで言うのならば、ウソではないのだろう。

「キミだけなにもなし、というのは難しい。ただ、キミに落ち度はない。相手の方が悪い」

「それがわかっているのなら、放っておいてくれないか？」

「それができないから困っているのさ。ケンカ両成敗と言うだろう？　そこで、模擬戦だ。勇者が相手になり罰をくだした……そんな話にまとめれば、全て丸く収まると思わないかい？」

　アリオスの話におかしなところはないのだけど……それだけに、余計に怪しい。こんなまともなことをするわけがないんだよな。絶対、裏でなにか企んでいるに違いない。

　余計なことで足を引っ張られたくないが……ちらりと周囲を見ると、冒険者達がこちらを見ている。それら視線には、不快そうな感情が混じっていた。

　騒ぎを起こした俺のことを気に入らないと思っているのだろう。

　このまま放置したら問題になりそうだ。

「……わかった。そういうことなら、模擬戦をしようか」

「僕の話を理解してくれて助かるよ」

断り続けたら、もしかしたら、みんなに害が及ぶかもしれない。

それだけは絶対にダメなので、模擬戦を受けることにした。

「レイン……がんばって、ね？」

「あんな勇者なんて、コテンパンにしてええよ！」

ニーナとティナ、二人の応援で力が湧いてきた。

うん。今なら負ける気はしない。

アリオスが卑怯な手を使ってきたとしても、それを打ち破るだけの自信があった。

広場に移動して、そこでアリオスと対峙する。

「時間は、そうだね……十分にしようか。それで決着がつかなければ引き分け。それでどうだい？」

「ああ、問題ない」

「審判というか、タイマー役をその子に任せたいんだけど、いいかい？」

意外なことに、アリオスはニーナを指名した。

アッガス達を審判にして、グルになってあれこれしてくるかと思っていたのだけど……

「ああ、問題はないが……」

「なら頼むよ。時間を計るだけの簡単な仕事だ。そうそう、決着がついた時も声をかけてほしい」

「ん……了解、なの」

「ウチもいるから、安心してええでー」

「ん？　もしかして、あの人形もレインの仲間なのかい？　見たことがないけれど……」

「まあ、色々とあってな」

「そうか。なら、彼女……彼女でいいんだよな？　彼女にも審判を頼むことにしよう」

「わかった。アリオスがそれでいいのなら、俺は問題ない」

始めよう。

俺はカムイを抜いて……

「ああ、武器はなしにしておこう」

「え？」

「模擬戦とはいえ、怪我をしてしまう可能性がある。無論、寸止めするつもりだけど、事故がないとは限らないからね。レインは試験を控えた身だ。素手でやろうじゃないか」

おかしい……アリオスなのに、まともなことばかり言っている。

こいつ、ひょっとしてニセモノか？

「どうしたんだい？　僕の顔をじーっと見て。なにかついているかな？」

「……いや、なんでもない」

もしかして、改心したのだろうか？

王にこってりと絞られたと聞くし、それで自身の行いを悔い改めた？

「それじゃあ、始めようか」

「……わかった」

アリオスが改心したのか、それとも笑顔の裏でなにか企んでいるのか、真意はわからない。

わからないから、なにが起きてもいいように、最大限に注意しておこう。

「ところで、そのメガネはどうしたんだ？」

「ああ、ちょっとしたファッションさ。どうだい？」

「似合っていないな」

「……うるさいな」

◆

「んっ……終わり、だよ」

ニーナの合図で、俺とアリオスは模擬戦を止めた。

決着はつかなくて、十分、わりと激しい攻防を繰り広げたのだけど、特になにもない。

アリオスも不正を働いていないし、罠をしかける様子もないし、ただただ普通に戦うだけ。

なにか企んでいると思ったが、考えすぎだったのだろうか……？

「ふう、いい汗をかいた。なかなかやるじゃないか、レイン」

「……アリオスもな」

さすが勇者というべきか。

以前、やりあった時よりも遥かに成長していて、時々、危うい場面があった。

「また機会があれば手合わせしよう。じゃあね」

アリオスは爽やかに笑い、立ち去る。

それを見送ると、ニーナとティナが心配そうに声をかけてくる。

「レイン……大丈夫？」

「アイツになんかされんかった？　平気なん？　気分悪くない？」

「いや、大丈夫だ。なにもされていない……はず」

……この時、すでにアリオスの目的が達成されていたことに、俺が気づくことはなかった。


アリオスとの模擬戦で余計な体力を使用したが、三十分ほど休むことができたので、問題なく体は動く。大きな疲労もないし、それほどの問題はない。

本当に、アリオスはなにをしたかったのだろうか？

気になるが、今は試験に集中しよう。

準備が終わったらしく、いよいよ試験が行われることに。

ここまでの合格者達が広場に集合したのを確認した後、セルが場を仕切る。

「それじゃあ、これから試験を始めるわ。察している人は多いと思うけど、これが最後の試験よ」

実際に最終試験と告げられて、皆の顔がこわばる。

「最終試験は、この遺跡の攻略よ。遺跡内には多数の罠が仕掛けられていて、さらに、魔物も解き放たれているわ。それらの壁を乗り越えて、最下層に到達すること。それが合格の条件になるわ」

「全部で何層なんですか？」

とある冒険者からの質問が飛んだ。

「それは教えることはできないわ。これは、実際の依頼を想定しているの。未踏の遺跡に挑む場合は、最下層がいくつかなんてわからないでしょう？　だから、ダメ」

「合格者は何組ですか？」

「何組でも。ギブアップすることなく、最下層にたどり着いたパーティーは合格よ」

「魔物のランクは？」

「基本はＣランクだけど、Ｂランクも混じっているわ。パーティーで力を合わせてしっかりと対処すれば、問題のない相手よ」

他にも合格についての条件など色々な質問が出た。

その一つ一つを聞き逃さないように注意して、しっかりと頭に刻み込む。

「はいはーい、質問！」

カナデがぴょんぴょんと小さくジャンプしながら声をあげた。

「最下層に辿り着けばいいんだよね？」

「ええ、そうね」

「床をぶち抜いて降りて行ってもいいの？」

「え？」

「えいや！　って床を割って、それで下に降りていくの。それならすぐなんだけど、ダメかな？」

さすがにカナデの質問は予想外だったらしく、セルが固まる。

他の試験官達は、そんなバカなと失笑するが、セルは冷や汗を流していた。

カナデなら本気でやりかねないと、それだけの力があると、理解しているのだろう。

「……ダメよ。それは認められないわ」

「えー、ダメなの？」

「頑丈な遺跡だけど、年月による劣化は免れないわ。遺跡が崩壊するかもしれないから、ダメよ」

「ちょっとくらいなら……」

「絶対にダメ」

「にゃん……」

ギロリと睨まれたカナデは、猫耳をシュンとさせて引き下がる。

そういう無茶苦茶な方法を思いつかないでほしい。そして、実践しようとしないでほしい。

最近、カナデが過激になってきた気がするのだけど、もしかして、タニアの影響を……？

「ちょっとレイン。今、失礼なことを考えなかった？」

「……気のせいじゃないか」

さすがというか、勘が鋭い。

「他に質問のある人は？」

セルが問いかけるものの、誰も手を挙げない。

ある程度の情報は開示されたから、後は挑むだけだ。

「なら、これから最終試験を始めるわ」

セルの合図と共に、最終試験が開始された。


各パーティーが順番に遺跡に突入して……そして、俺達の番が訪れる。

遺跡に入ろうとして、その前に、セルに声をかけられる。

「レイン、がんばって。Aランクになるのを待っているわ」

「ありがとう。絶対、合格してみせる」

予想外の応援だけど、おかげで、かなりやる気が出た。

アクスとセルに、やったぞ、と報告するためにも絶対に合格しよう！

そう意気込みながら、遺跡に足を踏み入れた。

「うわっ、まっくら」

扉が閉じてしまうと光が完全に失われてしまい、視界が闇に閉ざされてしまう。

「うー、なにも見えないよー」

「あたしの方は真っ暗っていうわけでもないわよ」

「む？　タニアは夜目がきくのか？」

「きかないわよ。ただ、カナデの目が光っているから、それで真っ暗じゃない、っていうだけ」

「にゃん？」

「本当ですね。確かに、カナデの目が光っています」

「おおう、ちょっと怖いのだ……」

「でも……綺麗、だよ？」

「猫霊族だから、暗いところやと目が光るんやなー」

絵の具で黒く塗りつぶしたような暗闇の中、カナデの瞳だけが宝石のように輝いていた。

黒目の部分が心なしか大きくなっている。そういう体の機能は、猫と同じなのだろうか？

「ふにゃん⁉　誰⁉　私の尻尾を触ったのは誰⁉」

「これはカナデの尻尾だったんですね。すみません、暗いからわかりませんでした」

「ひゃ⁉　だ、誰よ、あたしのお尻触ったのは⁉」

「ふははは、我なのだ！　これがタニアのお尻か……うむ、安産型だな！」

「ちょっ……レインの前でなんてことを言ってるのよ⁉」

これが最終試験ということを忘れているのか、遠足のようなノリで、まるで緊張感がない。

「まあ、緊張するよりはいいか」

みんなのおかげで余計な力が抜けた。

最終試験ということで、実はそれなりに緊張していたのだけど、あれこれと考えても仕方ない。

みんなと一緒なら、どんなことでも乗り越えられると思うし、一生懸命がんばるだけだ。

「ソラ、ルナ。明かりをお願いできるか？」

「はい、わかりました」

「ライト！　なのだっ」

ルナが魔法を唱えると、光球がふよふよと宙を漂い、辺りの闇を払う。

「ここが遺跡の入り口か……」

入り口はかなり広く、王城のホールのような作りになっていた。

古代のものと思わしき調度品が飾られていて、その左右に通路が伸びている。

「いきなり分かれ道か……さて、どうするかな？」

「我に任せるのだ！」

ルナが自信たっぷりに前へ出た。

「お？　得意の魔法で正解の道がわかるん？」

「ふはははっ、その通りなのだ。正解の道を探し出すことくらい、ちょちゃいのちぇいなのだ！」

「嚙みましたね」

「うっさいのだ！」

ソラの冷静なツッコミに、ルナは顔を赤くしつつ、そこらに転がっている木の枝を手に取る。

ルナは木の枝をまっすぐに立てて、気合を入れるように目を閉じて……

「えいやっ、なのだ！」

ルナが手を離して、ぱたんと木の枝が倒れた。

「うむ。我の魔法によると、正しいルートはこっちなのだ！」

「どこが魔法やねん⁉　木の枝を倒しただけやん！　そんなん魔法ちゃうわ、ただの勘や！」

ティナの渾身のツッコミが炸裂した。

「まあまあ。他に手がかりもないし、とりあえずルナの言う通りにしよう」

「うーん、大丈夫なのでしょうか？　ソラは、ものすごくイヤな予感がしますが……」

「恐れることはないぞ！　皆のもの、我に続くのだ！」

「おー……！」

ルナとニーナが先頭を歩き出したので、すぐに後を追い、隣に並ぶ。

魔物が解き放たれているという話だけど、今のところそれらしい影は見当たらない。

「ところで、お約束のアレはないのかしら？」

ふと、タニアがよくわからないことを言い出した。

「にゃん？　アレ？」

「ほら、ここは遺跡でしょう？　なら、トラップが仕掛けられててもおかしくないんじゃない？」

「おー、確かに」

「定番だと、大玉に追いかけられたり、落とし穴に落ちたりするんだけど」

「あかんで、タニア……それ、フラグや」

「フラグって……まさか、今言った通りになるとでも？　あはは、そんなことあるわけないじゃない。あたしらの中に、トラップに引っかかるような間抜けはいないわよ」

タニアがドヤ顔で言い放つ。さらに胸を張り……その拍子に尻尾が揺れて、壁の不自然なでっぱりをカチリと押し込んでしまう。

「あっ」

やってしまった、というような声は、果たして誰のものだったか？

ゴゴゴゴゴッ、という大きな音と振動が響いてきて……

「あわわわわわっ⁉　い、岩でできた大玉なのだ⁉」

「タニアのばかー⁉」

「あ、あたしのせいなの⁉」

後ろから大玉が転がってきて、俺達は慌てて駆け出した。

って、待てよ？　これが、ティナの言うようなフラグだとしたら……

「あっ⁉」

再び、誰かの声が響いた……その直後、床がパカンと大きく開く。

それは見事な落とし穴で、どうしようもないほどの落とし穴で……

「にゃあああっ、タニアのばかぁあああああっ⁉」

「あたしのせいなのぉおおおお⁉」

二人の叫び声が響いて、俺達は暗闇の中に吸い込まれていくのだった。

◆

「……いてっ」

鈍い痛みで目が覚めた。

反射的に頭に手をやると、ぬるりとした血の感触。落とし穴に落ちた際に、頭をぶつけて、そのまま気絶していたみたいだ。

「ヒール」

まずは傷の治療。それから周囲の様子を確認する。

「カナデ？　タニア？」

呼びかけるけれど返事はない。

「ソラ？　ルナ？　ニーナ？　ティナ？　みんな、いないのか？　おーい！」

声が反響するだけで、やはり返事はない。

「まいったな……はぐれたか」

あちこち転がったような覚えがある。そのことを考えると、あの落とし穴は出口が複数に分岐しているのだろう。侵入者を分断する機能も兼ね備えているはず。

「ファイアーボール」

荷物袋から松明（たいまつ）を取り出して、威力を最小限に絞った魔法で火を点（つ）けた。

改めて周囲を確認してみると、ここが小さな部屋ということが判明した。

割れた花瓶などの調度品。それと埃（ほこり）や蜘蛛（くも）の巣（す）があるだけで、他にはなにもない。

奥を見ると、大人が三人くらい並んで歩ける広い通路が、まっすぐに伸びていた。

「前に進むしかないか」

他のトラップが仕掛けられている可能性もあるが、足を止めていても意味はない。

早いところみんなを探し出して、合流しないと。

「っ⁉　この音は……」

カサカサという音と共に、無数の気配が近づいてきた。

松明の火に照らされて、その姿が明らかになる。

槍のような鋭い牙を持つ、三十センチメートルほどの巨大な蜘蛛……Dランクの魔物、キメラスパイダーだ。

高い戦闘能力は持たず、特殊な能力も備えていないのだけど……

「こいつら、数が多いんだよな」

一匹、二匹、三匹……次から次へとキメラスパイダーが湧いて出てきた。どこに隠れていたのかと、思わず真面目に考えてしまうほどの数だ。

「まずは俺が突っ込むから、みんなは……って、今は誰もいないんだった」

ついつい、いつものように仲間に呼びかけてしまう。

癖というかなんというか、みんながいるのが当たり前になっていたからな。

思えば、予期せぬ事態で離れ離れになったのは、これが初めてじゃないだろうか？

「一人……か」

情けないと思われるかもしれないが、寂しさを感じた。

「俺、みんなのことをずいぶんと頼りにしていたんだな……」

しみじみとそんなことを思うが……しかし、落ち込んでなんていられない。

こんなことでいちいち凹(へこ)んでいたら、みんなと合流した時に笑われてしまう。

「やるか！」

俺はカムイを抜いて、キメラスパイダーの群れを迎え撃った。

～ Another Side ～

「カナデ……起きてください、カナデ」

「んぅ、もう食べられないよぉ、えへへ……」

「起きてください」

「……にゃん？」

ゆさゆさと揺さぶられて、カナデは目を開けた。寝ぼけ眼(まなこ)を、ゴシゴシと手の甲で擦(こす)る。

「……ソラ？」

「よかった、目を覚ましましたね」

安堵(あんど)したように、ソラは小さな吐息をこぼす。

そんな彼女の近くに、魔法で作られた光球がふわふわと浮いていて、周囲を照らしていた。

「えっと……ここは？」

カナデは不思議そうにしつつ、キョロキョロと周囲を見た。

小さな部屋だ。通路が一本、奥に伸びている以外、なにもない。

「覚えていますか？　ソラ達は落とし穴に落ちて、それで、みんなとはぐれてしまいました」

「……あ。うん、思い出したよ。そっか、はぐれちゃったんだ……みんなは大丈夫かな？」

「問題ないと思いますよ。簡単にやられてしまうほど、みんな、やわではありませんから」

「それは……そうだね。タニアなら、なんでも蹴散らしちゃいそう」

カナデは立ち上がり、服についた砂埃をパンパンと払い落とす。

「それじゃあ、みんなと合流するために壁をぶち抜いていこうか！」

「いやいやいや、ダメですよ!?　さらりと、当たり前のように言わないでくださいね!?」

「にゃん？　なんでダメなの？」

「説明の際、注意されましたよね!?　そういうことをしたら失格だと言われましたよね!?」

「おー、そういえば」

「つ、疲れます。カナデは、時折……いえ、けっこうな確率でボケてきますね。厄介です」

「じゃあ、普通に探すしかないかな？」

「そうですね。遺跡に魔法を妨害する機構が備わっているらしく、探知系魔法がうまく使えないので……地道に足を使って探すしかありません」

「じゃあ、レッツゴー！　だよ♪　私に続けー」

「そこはかとなくイヤな予感がします……」

◆

「ニーナ、大丈夫？　痛くない？」

「ん……大丈夫、だよ」

タニアはニーナをおんぶして、遺跡の中をゆっくりと歩いていた。

おんぶされているニーナは、松明を手にしている。

落とし穴に落ちたことで、タニアとニーナの二人だけに。しかも、ニーナは落ちた際に足を捻ってしまい、歩くことが難しい状態になってしまった。

タニアもニーナも回復魔法を使うことはできない。

ニーナは、亜空間収納で薬を取り出して治療したものの、すぐに完治するわけではない。ソラとルナに治してもらうのが一番確実だ。

なので、助けを待つという選択はしないで、自ら仲間達を探しに行くことにした。

「わたし……重くない、かな？」

「なに言ってるのよ。軽いわよ？　羽みたい」

「んー……」

ニーナはちょっと照れた。

「ごめんなさい……タニア」

「ん？　どうして謝るの？」

「わたし、足を引っ張って……」

「そんなこと気にしてるの？」

「気にする、よ……仲間、だもん」

「なら、あたしは気にしないわ。だって、ニーナは大事な仲間だもの。仲間って、困っている時は支え合うものでしょ？　だから、気にしないわ。ニーナも気にしないの」

「……うん。ありがと、タニア♪」

おんぶされたニーナの尻尾が、うれしそうにふりふりと揺れた。

◆

「ライトニングストライク！」

紫電が走り抜けて、群れる魔物を蹴散らしていく。

しかし、全ての魔物を捕捉することはできなくて、数匹、討ち漏らしていた。

「第一球……投げたぁああああ!!」

ルナの頭の上でティナが大きく腕を振りかぶり、魔力の塊を魔物に向けて投げつけた。

剛速球だった。魔力の塊は見事に魔物の頭部を捉えて、パァンッ！　と弾き飛ばす。

「ふははは、弱い、弱すぎるのだ！　こんなものなのか？」

「そんなんじゃ、ウチらを止めることはできへんでー！」

ルナとティナは仲間とはぐれていてもとても元気で、二人の笑い声が遺跡に響くのだった。

◆

「ふう」

戦うこと十数分……なんとか、キメラスパイダーの群れを駆逐することに成功した。

一匹一匹は大したことはないのだけど、やたらと数が多いせいで時間がかかってしまった。

「こんな魔物が普通にいるなんて、なかなか厄介なところだな」

意地の悪いトラップに、一筋縄ではいかない魔物。

下手をしたら命を落としてしまいそうな難易度で、さすがAランク昇格試験というべきか。

「みんなは大丈夫かな……?」

みんなはとても強いから、そうそう滅多なことは起きないと思うが、それでも心配だ。

「できるだけ早く合流しないと」

そのためには、遺跡の内部構造をしっかりと把握する必要がある。

とあるものを探して、通路の端を見る。こういう場所なら端の方に……いた!

「ちょっと力を貸してくれないか?」

家族なのか、群れで行動していた複数のネズミをまとめてテイムした。

ネズミ達を遺跡中に散らばらせて、みんなを探してもらう。

素早く動くことができる上に、狭いところも潜っていける。この状況なら、ネズミは期待以上の働きをしてくれるに違いない。

そんな俺の予感は正しく、ほどなくしてネズミ達が戻ってきて、誰かを見つけたと報告する。

「案内、よろしくな」

チュウ！　と元気よく鳴いて、ネズミの群れが一斉に走り出した。

けっこう足が速くて、しっかりと追いかけないと見失ってしまいそうだった。

ネズミの群れは下層を目指しているらしく、途中、何度か階段を下りた。

どうやら、みんなは最深部を目指しているらしい。闇雲に遺跡を探索するよりも、ゴール地点なら確実に合流できると考えているのだろう。

「あれは……ストップ」

しばらく進んだところで、とあるものを見つけて、ネズミの群れに停止命令を出した。

ネズミ達と一緒に物陰に身を隠して、そっと通路の先の様子を窺う。

「……ヒカリゴケ蜘蛛だ。珍しいな、こんなところに生息しているなんて」

ヒカリゴケ蜘蛛は、さきほどの魔物と違い、普通の虫だ。

指先くらいの大きさで、光る苔を身につけていることから、ヒカリゴケ蜘蛛と呼ばれている。

「……いた」

ヒカリゴケ蜘蛛の行き先を目で追うと、魔物の姿が見えた。

懐かしいといえば懐かしい存在……キラータイガーだ。

通路の先が広場になっていて、そこに複数のキラータイガーが群れている。

ヒカリゴケ蜘蛛は魔物の体液を餌としているため、その近くには魔物がいることが多い。ヒカリゴケ蜘蛛を見かけたら魔物に注意しろ、なんていう話もある。

「注意して正解だったな」

今更、キラータイガーに負ける気はしないが、限られた空間で群れを相手にするのは厄介だ。

幸いというべきか、他にも通路はある。ネズミ達に、別の道を使うように指示を出した。

命令を受けたネズミ達は、途中で左へ曲がり、違う通路を進む。

そのような感じで、所々で見かける小動物や虫を頼りに、危険を回避する。

おかげで、探索は順調だ。

一時はどうなるかと思ったが、探索をするだけならば、俺一人でもなんとかなりそうだ。

「とはいえ……やっぱり、一人は寂しいな」

一時的に離れ離れになっただけなのに、ひどく落ち着かない気分だ。

それだけ、みんなと一緒にいるのが当たり前になっていたのだろう。

それだけ、みんなのことを頼りにしていたのだろう。

すぐに合流できるだろうと思っているから、それほど慌てていないが……もしも、長い間、みんなと離れてしまうことになったら？　会いたくても会えない状況に陥ったら？

その時は、俺はどうするのだろうか……？

「こっち！　こっちが怪しいよ！」

「本当に大丈夫なんですか？　ソラは、ものすごく不安なんですが……」

元気いっぱいに通路を指差すカナデとは対照的に、ソラは不安そうな顔を作る。

レイン達とはぐれてしまったカナデとソラは、二人で遺跡を探索していた。

ゴールである最下層に行けば合流できるだろうと考えて、ひたすらに階段を下っていた。

「さっきのネズミをカナデが追い払わなければ、レインと合流できたかもしれないのですが……」

「あう……ご、ごめんね？」

少し前、カナデとソラの前にネズミが現れて、伝えたいことがあるかのように何度も鳴いた。

ネズミは用心深い生き物なので、わざわざ人前に現れることは滅多にない。

ソラはすぐに理解した。

きっと、このネズミはレインがテイムしたものだ。自分達を探してくれているに違いない。ネズミの後を追いかければレインと合流できるだろう。

そう期待したのだけど、ネズミを見たカナデは、にゃんにゃん鳴きながら追いかけ始めた。

これにはネズミもひとたまりもない。レインの指示よりも恐怖が勝り、保身が優先されて一目散に逃げ出してしまった。

そうして、カナデとソラは道案内を失い……今に至る。

「どうして、あんなことをしたんですか？」

「あう……なんていうか、ネズミを見たらウズウズしてきて、我慢できなくて……本能？」

「猫ですか」

「猫霊族だから、ある意味では猫なんだよね……」

「まったく……困った駄猫ですね」

「ソラにまでひどいこと言われた⁉」

「ほら、行きますよ。こうなった以上、ソラ達は、自力でレイン達と合流しないといけません」

「うぅ、ごめんなさいなのにゃ……」

「まったくもう……カナデはルナ以上の、がっかり猫ですね」

「がっかり猫⁉　だんだんバリエーション増えていくね⁉」

なんだかんだで仲が良い二人は、呑気に話をしつつ、最下層を目指して遺跡の奥へ進む。

どれだけ階段を下りただろうか？　どれだけ通路を歩いただろうか？

ほどなくして開けた空間に出た。地下にあるとは思えないくらいに広く、空気が澄んでいる。

広場の中央に祭壇のようなものがあり、神を模したと思われる彫像が立っていた。

その手前の床に魔法陣が描かれている。

そして……

「あっ、セル！」

「あら？」

試験官であるセルが祭壇の手前に立っていた。

「こんにちにゃー」

「こんにちは……今の挨拶なのよね？」

「そうだよ、猫霊族の正式な挨拶で……あっ、タニアとニーナもいる!?」

「二人共、遅いわよ」

「ん……よかった。合流、できた」

セルだけではなくて、タニアとニーナの姿もあった。

二人は広間の適当な段差をイスの代わりにして、のんびりとくつろいでいる。

「こんなところでどうしたの？　休憩？」

「違うわよ。っていうか、セルがいる時点で察しなさい」

「えっと……？」

「この猫、頭の中身、ちゃんと入ってるのかしら？」

「たぶん、空っぽだと思いますよ。空猫ですね」

「にゃんですと!?」

カナデは、ガーンとショックを受けたような顔に。

ただ、多少の自覚はあるらしく、なにも反論できない。

「試験は、遺跡の最下層に辿り着いたら合格、っていう話だったでしょう？　それで、試験官のセルがここにいる。ということは、ここがゴール地点なのよ」

「セル、そうなの？」

「ええ、そうね。タニアの言う通り、ここがゴールよ」

「やった――――！　それじゃあ、私達、合格したんだねっ」

「だから、早とちりしないの。この勘違いせっかちぐるぐる猫」

「ぐるぐるってどういう意味⁉　ねえ、どういう意味⁉」

二度目の意味不明な命名に、さすがのカナデも拗ねたような顔になり、頬を膨らませた。

そんなカナデを慰めるように、ニーナが背伸びをして、ぽんぽんと頭を撫でる。

「いい子……いい子」

「にゃふー……ニーナの手、気持ちいいにゃあ♪」

「レインと同じように、ヒーリング効果があるのでしょうか？　興味深いですね」

真剣に考察をするソラは放っておいて、タニアは話を先に進める。

「あたしらだけがゴールに辿り着いても仕方ないでしょう？　レインたちがいないと」

「あ……そういえばそっか」

最終試験では、全員でゴールに辿り着かないと合格したと見なされないと、質疑応答の際に説明されていたのだ。色々な理由があるが、仲間の連携、絆を試すことが目的と言われている。

「レインは、ルナとティナと一緒なのかな？」

「どうかしら……最悪、一人っていう可能性もあるけど」

「心配だね……レイン、大丈夫かな？　いざとなれば、こっちから探しに……にゃん⁉」

カナデの台詞を遮るかのように、突然、ドンッ！　という大きな爆発音が響いた。

「にゃ、にゃにが起きたの⁉」

「わからないけど、気をつけて！」

セルは鋭い声で警告を飛ばして、なにが起きてもいいように弓を手に取る。

カナデ、タニア、ソラ、ニーナも構えた。

「もしかして、魔物かな？」

「この広間は、魔道具で結界が張られているから、魔物は近づけないはずなのだけど……」

普通の魔物なら結界を越えることはできないが、変異種などが発生していたら？　想定以上の力を有していたら？

そんな可能性を考えたセルは、険しい顔になる。カナデ達もまた、険しい顔になる。

どーん、どーん、という爆発音が近くなってきて、緊張感が増していく。

そして……

「ふははは、ちょろい、ちょろすぎるのだ！　我の敵ではないのだ！」

「うらうらうらー！　いくでー、やったるでー！」

一際大きな爆発が広がり。その爆炎の中からルナとティナが姿を見せた。その後ろに魔物の群れが見えるが、追いかけられているわけではなくて、誘い出しているらしい。

二人はくるっと反転。ティナは棒を手にして、それを魔力で覆う。同じく魔力の塊を作り出して……打つ！

「ホームラン打法やっ！」

カーンと魔力の塊が飛んで、魔物を数匹まとめて蹴散らした。

「そして……ドラグーンハウリング、なのだ！」

続けてルナの魔法が炸裂して、どーんと爆発音が響いた。

ドラグーンハウリングは広範囲魔法なので、遺跡のような場所で使うと、壁や天井を傷つけてしまう。壁や天井にピシリとヒビが入り、パラパラと小さな瓦礫（がれき）が落ちてきた。

「ふははは っ、この程度の魔物、我らの敵ではないのだ！」

「そうや！　ウチらをどうこうしたいなら、もっと強いヤツをよこさんかい！」

戦闘が連続してバトルハイになっているらしく、二人は妙に強気だった。

ソラは、そんな妹のところへ歩み寄り……

「なにをしているんですか、このボケ妹！」

「ふぎゃん⁉」

おもいきり頭をはたいた。

「おおう……ボケ妹とは、新しいパワーワードだな……」

「こんなところであんな魔法を使うなんて、なにを考えているんですか？　ルナはアホなんですか？　それとも、アホがルナなんですか？」

「ちょっと、ソラの言っていることがよくわからないのだ」

「まあまあ、落ち着いてーや。しゃーないねん。魔物の群れに追いかけられたから仕方ないんや」

「追いかけられたのではなくて、誘い出しているように見えましたが……はあ、まったく」

「なにはともあれ、合流できてよかったわ」

話をまとめるように、タニアが笑顔でそう言った。

カナデ、タニア、ソラ、ルナ、ニーナ、ティナ……これで六人が揃った。

「あとはレインだけね」

「ねえねえ、セル。時間制限とかあるの？」

「もちろんあるわ。五時間以内に最下層に辿り着くことができなければ失格ね」

「にゃー……」

カナデは心配そうな顔をして、尻尾をゆらゆらと落ち着きなく揺らした。

「まだ、そんなに心配する段階ではないと思うわ。あと二時間あるから、ここに辿り着くことは不可能じゃない。他のパーティーのこともあるし、心配する必要はないんじゃない？」

「うーん、それはそうなんだけどね……」

「気になるものは気になっちゃうのよね……」

カナデとタニアは、揃って憂い顔になった。

二人は共にレインに恋心を抱いているため、他のメンバーよりも過剰に心配をしてしまう。

ちゃんとゴールできるだろうか？　怪我はしていないだろうか？　迷っていないだろうか？

レインなら大丈夫……と信頼する気持ちもあるが、それでも、心配なものは心配なのだ。

早く会いたい……そんなことを思い、カナデとタニアはレインの無事を祈る。

「大丈夫……だよ」

ニーナはにっこりと笑い、カナデとタニアの頭をぽんぽんと撫でた。

「レインなら……絶対に、大丈夫♪」

ニーナの瞳には、レインに対する絶対の信頼があった。

そんなニーナの姿を見て、カナデとタニアは落ち着きを取り戻した。

自分達よりも小さいニーナがこれだけ落ち着いているのだから、慌てている場合じゃない。

なにも問題はない、心配ないと、どーんと構えて待つだけだ。

「そうだね、うん……信じているからね、レイン」

カナデ達が気持ちを固める一方で、セルは、ちょっとした不安を覚えていた。

他の試験官達は、受験生の行く手を阻む障害として、遺跡の至るところで待機している。カナデ達は運良く誰とも出会わなかったみたいだが、そんな幸運は何度も続かないだろう。

多数の最強種と契約しているレインの能力は、Aランク冒険者に匹敵……あるいは上回る。

そんなレインが未だにゴール地点に姿を見せないということは、試験官に遭遇して、足止めをされているのかもしれない。

そうだとしたら、レインは誰と対峙しているのだろうか？

セルは相方の顔を思い浮かべた。

今回は、アリオスがどうのこうのとはさすがに言えず、アクスも試験官として参加している。

「もしかしたら……」

レインはアクスと対峙しているのではないか？

なんの根拠もないが、セルはそんなことを思った。

◆

「……」

「……」

気まずい空気が流れていた。

ネズミに案内してもらい遺跡を探索していると、アクスが待ち構える広い部屋に到着した。

「よう」とものすごくシンプルな挨拶を交わして以降、なにも言葉を交わしていない。

セルは普通に話をしてくれているが、アクスはまだ元通りとはいかない。今も気持ちを割り切ることができなくて、でも引きずりたくなくて……どうしていいかわからず、気まずいのだろう。

それは俺も同じで、なんて声をかければいいかわからない。

とはいえ、ずっとこのまま、っていうわけにはいかないか。

「えっと……アクスは、こんなところでなにをしているんだ？」

「あー……試験官だよ。受験生の力を見定めるというか、障害というか……まあ、そんな感じだ」

ようするに、ゲートキーパーというヤツか。

定番だけど、アクスを倒さないと奥へ進めないという展開なのだろう。

「あー……別に、俺を倒さなくても先に進むことはできるぞ」

「え？　そうなのか？」

「俺と戦い最短コースを進むか、それとも、俺を避けて遠回りの道を進むか……その二択だ」

「なるほど……そういう選択肢も用意されているのか」

「最短コースなら、ここからゴール地点まで一分。遠回りコースなら一時間ってところだな。時間に余裕があるなら……って、おい？　なんで武器を構えているんだよ？」

「最短コースを進むには、アクスを倒さないとダメなんだろう？」

「迷いすらしない、っていうわけか。まいったな」

本当は戦いたくないし、仲直りをしたいと思う。

ただ、試験の時間が無制限なんてはずはない。詳細は知らないが、できる限り急いだ方がいいことは確かなので……そもそも、戦いたくないという理由でアクスを避けるのは失礼な気がした。

アクスと真に向き合いたいのなら、力と一緒に、己の主張をぶつけるべきと判断した。

俺はカムイを抜くのだけど、アクスは刀を抜こうとしない。

「アクス？」

「あー……なんていうか」

アクスは決まりが悪そうに言う。

「……別の方法でやらないか？」

「え？」

「俺の役目は、受験生の力を確かめることだが……まあ、レインならそんな必要もないだろ？　それに、なんつうか……試験だとしても、またお前とやりあうようなことはしたくないんだよ」

「それは……」

「言っておくが、俺はあの時の選択を後悔していない。今でも、ああすることが正しかったと思っている。だが……そいつはレインも同じだろ？」

「そうだな。後悔はしていないよ」

「なら、互いに正しかった……ってことで話をまとめようぜ。いい加減、レインとケンカするのはイヤというか、落ち着かないんだよ。一時とはいえパーティーを組んだ仲だし……ああもう！」

わしわしとアクスが自分の頭をかいた。

「とにかく、だ！　俺はお前とまた刃を交えるようなことはしたくない。以上だ！」

「はは……」

なんていうか、とてもアクスらしい回答だった。

不器用で、でも、まっすぐで……以前となにも変わっていないところが、とてもうれしく思えた。

「俺も賛成だ。アクスとまた戦いたくはないな」

「そう言ってくれるとうれしいぜ」

「まあ、戦っても結果は見えているからな」

「おいこら！　そいつはどういう意味だ⁉」

「だって、前回は俺の勝ちだったじゃないか。あれからそんなに時間は経っていないし、今やっても同じ結果になるだろう？」

「言ってくれるな、この野郎。っていうか、あの時はレインに負けたわけじゃねえ。お前の仲間に負けたんだよ。最強種を相手にまともに戦えるか。レイン一人なら俺が圧勝してたぜ」

「それはどうかな？」

互いに不敵に笑う。

もちろん、今の台詞は本心じゃない。言葉遊びをしているような感じで……小さな子供が俺の方がすごい、と言い張るようなものだ。

不器用な男のコミュニケーション、と捉えてくれたらと思う。

「でも、戦わないなんていいのか？　アクスは試験官だろう？」

「さっきも言ったが、レインの力は十分に知っているからな。試すまでもなく合格だ」

「なら、素直にここを通してくれないか？」

「できるわけないだろ。力を知っているとはいえ、タダで通すことはできない。試験はやるぞ」

「融通が効かないな」

「そういう性分なんだ」

アクスらしいといえばアクスらしいか。仕事に関しては真面目だからな。

仕事以外に関しては……そちらはノーコメントとしておく。

「でも、戦う以外となると、どうするんだ？　知恵比べでもするか？」

「レインは俺を殺すつもりか？」

なぜそんな話になる?

知恵比べをしたら、知恵熱で頭がショートしてしまうとでも言いたいのか?

「コイツで決着をつけようぜ」

アクスは部屋の隅にあったテーブルを持ってきて、そこに、肘をつけた。

「腕相撲か」

「これなら力を計ることができるし……まあ、男同士の試合としては、いい感じじゃないか?」

「わかりやすいな」

ついつい笑ってしまう。

それから……アクスの前に移動して、同じく肘をつけて、手を掴む。

しかし、すぐに試合を始めることなく、アクスは軽く視線を逸らして小さな声で言う。

「……あの時は、邪魔をして悪かったな」

「アクスが謝ることじゃないだろう?　間違ったことはしていないって、そう言ったじゃないか」

「その気持ちに変わりはない。ないが……それでも、仲間が選んだ道を素直に応援してやれないっていうのは、色々と思うところがあるんだよ」

アクスの気持ちが伝わってきて、胸に抱えていた色々なわだかまりが解けていくのを感じた。

「ありがとう」

「うん?」

「……仲間にそう言ってもらえると、うれしいよ」

「レイン、お前……」

仲間という言葉に反応して、アクスが目を大きくした。

それから、小さく笑う。

「俺を仲間にカウントしていいのか？」

「いいんじゃないか？」

「疑問系かよ」

「なら、いいさ」

あんな風に別れてしまったけれど、しかし、縁が切れたわけではなかった。こうして、再び交わり、同じ道を歩むことができる……そのことが証明された。

だから、俺はアクスを仲間と呼ぶ。

「ったく……ホント、レインはまっすぐなヤツだな。見ていると眩しくなるくらいだ」

「そうか？　そこまで言うほどじゃないと思うが」

「自覚なしときたか。ま、その方がレインらしいか」

「そこはかとなくバカにされている気がするな……」

「拗ねるな拗ねるな。一応、褒めてるんだぜ」

「一応、って言葉は余計じゃないか？」

今まですれ違っていた分、たくさんの言葉が出てくる。楽しく、心地いい。

もうしばらくこうしていたいが……さすがに、そういうわけにはいかないか。

可能な限り早く試験をクリアーした方がいいし、そろそろ先に進まないと。

「じゃあ……」

「始めるか！」

その言葉を合図に、俺とアクスは腕に力をこめた。

～ Another Side ～

「にゃー……落ち着かない」

カナデはそわそわと歩き回り、逆に、タニアは落ち着いた様子で適当な段差に座っていた。

ソラとルナはケンカをしたらしく、追いかけっこをして……そんな二人を見たニーナが、あわあわと慌てて、ティナが穏やかな顔をしてパーティーメンバーを見守っている。

「みんな、落ち着いてるね……レインのこと心配じゃないの？　タニアも慌ててたはずなのに」

「もちろん心配よ……でも、同時に信頼もしてるの。レインなら、きっと時間内にここに辿り着いてくれる。ちゃんと合格してくれる。そう信じているから、だから大丈夫よ」

「にゃー……タニアは強いんだね。私、そんな風には思えないよ」

「レインのこと、信頼してないの？」

「しているよ？　しているんだけど……でもでも、どうしても心配しちゃって……うにゃーん」

「まあ、カナデはそれでいいんじゃない？　どっちが正しいってことはないんだから……それぞれのやり方というか、想い方でレインのことを考えればいいと思うわ」

「タニアは大人だね」

「カナデが子供なのよ」

そんな話をしているうちに、他の冒険者パーティーが姿を見せ始めた。複数の通路から顔を見せて、次々と合格者が決まっていく。

そして、最後に顔を見せたのは……

「にゃー、レイン！」

「みんな！」

ゴールしたことに気づくことなく、レインは、まず最初に仲間との再会を喜んだ。

それはカナデ達も同じで、不安そうな顔を一転させて、全員が満面の笑みを浮かべている。

「やれやれ」

再会を笑顔で喜ぶレイン達を見て、セルは小さな笑みをこぼすのだった。

3章　漆黒の悪意

みんなと無事に再会できて、試験も、おそらくは合格したはず。

そのことをみんなで喜びつつ、地上へ戻った。

「あれ？　もう試験は終わったんだよね？」

「ああ、そのはずだけど」

「ででも、一つ、パーティーが足りないね」

「そういえば……」

最終試験に挑んだのは、八組のパーティー、計三十人だ。

しかし、地上へ戻ったのは七組のパーティー、二十七人だけ。

合否にかかわらず、一度、地上へ戻らないといけないのだけど……どうしたのだろう？

「ごめんなさい、ちょっとしたトラブルが発生したみたい」

「試験結果の発表は、ちと後回しになりそうだ。ここで待っててくれ」

セルとアクスはそう言い残して、他の試験官を連れて遺跡の中へ戻ってしまった。

その様子を見て、タニアがなにか思い出した様子で口を開く。

「ここにいないパーティーって、レインに絡んできた連中じゃない？」

「そういえば……」

「なにかあったのかしら？　まあ、あんな連中だから、不合格だとしても同情はしないけどね」

「そうなのだ、そんなことを気にしていたらキリがないのだ！」

みんなは気にしていないみたいだけど、俺は、どうにもこうにも気になってしまう。

なにか、見えないところで大きな事件が起きているような……そんなイヤな予感がした。

～ Another Side ～

仕事を終えたアリオスがテントへ戻ると、中にいたアッガスがちらりと振り返る。

「しばらくの間、姿が見えなかったが……どこへ行っていたんだ？」

「試験の手伝いで、色々とやることがあってね」

「……そうか」

それきり興味をなくしたらしく、アッガスは明後日(あさって)の方を向いた。

アリオスは小さく、誰にも聞こえないように舌打ちをした。

最近、アッガスの態度が鬱陶しく、なにかあるとあれこれと尋ねてくる。

なにをしていた？　どこに行っていた？　やらかしていないだろうな？

ただの戦士のくせに、選ばれた者である勇者に対する不遜な物言い……許せることではない。

「……アッガスも、そろそろいらないかもしれないな」

戦士としてはとても優秀だが、しかし、自分に楯突(たてつ)くような者はいらない。

いっそのこと、レインのように追放してしまうか？

理由なんてどうにでもなるし、なければ作ってしまえばいい。

「まあ、アッガスのことは後にしておくか」

それよりも、今はしなくてはいけないことがある。

アリオスは気持ちを切り替えて、リーンとミナ……そして、モニカがいるテーブルへ移動した。

「あっ、アリオス。おかえりー」

「試験の手伝いをしていたのですね。おつかれさまです」

「それにしては、けっこう遅かったよね。なにしてたの？」

「まあ、色々とね。勇者ともなれば、やらなくてはいけないことがたくさんあるんだよ」

「ふーん、大変ね」

「私達にお手伝いできることはありませんか？」

「大丈夫さ。それよりも、ちょっとモニカを借りていいかい？　話しておきたいことがあるんだ」

「話なら、今ここですればいいんじゃない？」

「大事な話なんだ」

「二人きりの内緒話？　あやしー」

「リーン、下賤(げせん)な勘ぐりはいけませんよ」

「はいはーい」

アリオスはモニカを連れてテントの外に出た。

念のためにさらに移動して、人気のない場所に向かう。

「それで……うまくいきましたか？」

小さな声でモニカが尋ねた。

それに対して……アリオスは笑顔で応える。

「ああ、問題ないよ。僕が失敗するわけがないだろう？」

アリオスは、親指サイズくらいの宝石をモニカに渡した。

「これに全部収められているはずだ」

「わかりました。では、問題のないように加工をして、念のためにチェックしておきますね」

「頼むよ」

「はい、お任せください。全ては、勇者様のために……」

◆

事態が大きく動いたのは、最終試験が終了して一時間ほど経った頃だった。

一組のパーティーがゴール地点に姿を見せなかったのは、不測の事態だったらしい。動けなくなっているなどの事故が考えられて、セル達を中心に捜索隊が結成された。

アリオス？

そんなのは自分の仕事じゃないというように、テントでのんびりとしていた。

その後、セル達が遺跡を捜索して……変わり果てた三人の姿を見つけた。

最初は事故などが起きたものと考えられていたが、途中で雲行きが怪しくなる。

三人の遺体には刃物による切り傷があったのだ。

魔物に襲われたにしろ、遺跡の罠にかかったにしろ、刃による傷がつくということはありえない。そのようなトラップはないし、武器を持つ魔物もいない。

ここにきて、誰かに襲われた可能性が浮上した。

そして、その犯人は……

「残念だよ、レイン。まさか、君がこんなことをするなんてね」

捜査を仕切り始めたアリオスは、しばらく調査した後、俺を逮捕するように試験官達に告げた。

「ちょっと、ふざけたこと言わないでくれる？」

「レインがそんなことするわけないでしょ！」

突然のことに驚いていると、タニアとカナデが、真っ先に反論してみせた。

ありえない罪を被せられたことに腹を立てている様子で、二人は、ハッキリとした怒りの感情を見せていた。今すぐにでも殴りかかりそうな勢いだ。

しかし、アリオスが怯むことはない。

正義はこちらにあるというように、堂々とした態度を取り続けている。

「厳正に調査をした結果、レイン以外に犯人はいない、という答えが出たんだよ」

すでに犯人扱いされているらしく、アリオスの合図で試験官達が俺達を取り囲む。

セルとアクスは包囲網に加わることはなく、今は様子を見ていた。

「どうして、レインが他の冒険者を殺さないといけないのですか？　動機がありません」

ソラは俺の弁護をするが、その流れは想定済みらしく、スラスラと言い放つ。

「被害者は、レインと問題を起こしていた冒険者だ。遺跡内で出会い、再びトラブルに発展した。そして、レインはついカッとなって……という感じかな？　動機はあるのさ」

「でっちあげに等しいのでは？」

「しかし、他の人は被害者とまったく接点がない。唯一、接点があるのがレインだけなんだよ」

「ふんっ、そんなものだけでレインを犯人扱いするなんて、笑わせてくれるのだ！」

「もちろん、これだけの理由でレインを犯人と決めつけたわけじゃないさ。おい、例のものを」

アリオスの合図で、試験官の一人が資料を持ってきた。

俺を含めて、その場の全員に配られる。

「この資料には、被害者の傷の具合などが書かれている。解剖の結果、というところかな」

「それがどうしたのだ？」

「死因について見てほしい」

「……刃物による傷が原因、となっているのだ。それが？」

「よくみてくれよ。短剣で刺された傷が原因で死亡……と書いてあるだろう？　短剣なんて持っている者は、レイン以外にいないんだよ。他の者の装備は剣や槍（やり）や斧（おの）などで、短剣はなしだ」

「それこそ言いがかりなのだ！」

「僕は事実を述べているだけだよ。なんなら、この場で全員の身体検査をしようか？　レイン以外に短剣を持っている者は出てこないと、断言してもいいよ」

「短剣なんて、埋めるとか川に捨てるとか、簡単に処分できるのだ。証拠にはならないのだ！」

ビシッとアリオスを指さして、証拠不十分であることをルナは指摘した。

ルナの言う通りだ。今の話で俺を逮捕するなんて横暴がすぎる。絶対に納得できない。

しかし、アリオスは余裕の表情を崩さない。俺の犯行だと、絶対的な確信を抱いているようだ。

「いつどのタイミングで、レインがそんなことをしたっていうんや？」

今度はティナが疑問をぶつけた。

「君達は遺跡の罠にハマり、バラバラになったそうだね？　その時、レインは一人で行動していた。その際、レインがなにをしていたか誰も知らない。その時ならば犯行は可能だと思わないかい？」

みんなとはぐれた時になにをしていたか？　その時に犯行に及んだのではないか？

そう疑われても仕方ないといえば仕方ないが……しかし、そんなことを言い出したらキリがない。

あの時の俺の無実を証明するのは、悪魔の証明に等しい。

「あー……ちといいか？」

見ていられないというように、アクスが口を挟んできた。

「レインなら俺と一緒にいたぜ」

「ふむ。それは確かかい？」

「ああ、確かだ。レインが裁判にかけられるっていうなら、俺が証言してもいい」

裁判でウソをつくことは重罪とされていて、一発で強制労働送りの刑になってしまう。

ここまで強く言えば、普通はアクスの発言を疑うことはないだろう。

しかし、アリオスは態度を変えようとしない。

「悪いが、君の発言は信用できないな」

「なんだと？」

「君は以前、一時的とはいえレインとパーティーを組んでいたね？　いわば、昔の仲間だ。そのよしみで、レインに対して有利な証言をしているのかもしれない」

「おいおい、言いがかりはやめてくれ。そんなことをするわけないだろ」

「客観的に見てどう思われるかな？　証人はかつての仲間……裏の繋がりがあるのではないか？と疑われても仕方ないと思うけどね。僕の言っていることは間違っているかい？」

「ぐっ……てめえ……」

アクスが怒りの表情を浮かべて拳を強く握るが、ギリギリのところで耐えたみたいだ。

アリオスの言葉は言いがかりに等しいが……でも、荒唐無稽なデタラメというわけでもない。

過去、似たような事件で、アリオスが言うような偽証罪が発生したという記録があったはず。

「アリオス、いいか？」

発言を求めると、アリオスが小さく頷いた。

「動機、殺害方法、犯行時のアリバイ……客観的に見て俺が怪しいのは理解した」

「それは自白ということでいいのかい？」

「だが、俺は何もしていない。それに、どの証拠も決定的なものじゃないし、とても曖昧なものだ。それなのに、アリオスは俺を犯人と信じて疑っていない。俺が犯人だという決定的な証拠はあるのか？」

「くくく」

アリオスは楽しそうに笑う。この時を待っていたと言うように、心底楽しそうに笑う。

「ああ、あるさ。あるとも！」

アリオスは自信たっぷりに頷くが……そこまで言うのだから、相当な自信があるのだろう。

いったい、どんな証拠があるというのか？　不安が湧き上がる。

「例のものを」

アリオスの合図で、試験官が水晶玉を持ってきた。

「これは、その場の光景を記憶する魔道具だ。不正対策として、あらかじめ遺跡の至る箇所に僕が設置しておいた」

「それがどうした？」

「コイツに、犯行の決定的瞬間が記録されているのさ。これを見ても、まだとぼけられるかな？」

アリオスはニヤニヤと悪意たっぷりの笑みを浮かべながら、魔道具を操作した。

水晶玉が淡く輝くと、遺跡内の光景が映し出される。

とある小部屋が映し出されるが、誰もいない。大した物も置かれていない。

「どこに証拠が？」

「焦るなよ。もうすぐだ……ほら、来たぞ」

ほどなくして、被害者達が姿を見せた。罠を警戒しているらしく、ゆっくりと移動している。

その後ろから……俺が現れた。

「なっ⁉」

映像の中の俺は短剣を握り、被害者の一人にそっと歩み寄り……刃をその背中に突き刺した。刃は深いところまで食い込み、血がウソのようにあふれる。

被害者は操り人形の糸が切れたように、膝から崩れ落ちた。

突然の凶行に、被害者達は半ばパニックに陥りながらも、すぐに応戦を開始した。

Aランク昇格試験を受けているだけあって、その実力は確かだ。一人欠けている状態ではあるが、鮮やかな連携で反撃に移ろうとする。

しかし……映像の中の俺の方が上手だ。

映像の中の俺は、死体を盾にして攻撃を防いだ。さらに、その死体を投げ飛ばす。

思わぬ反撃に被害者達の動きが鈍り、その隙に、映像の中の俺は距離を詰めて短剣を……

「レイン。これが君の言う証拠だ。これを見てもまだ、しらを切るつもりかい？」

「バカな……なんだ、これは……俺はこんなことはしていない！」

「しかし、映像に映っているのは間違いなく君だ。君に瓜二つ（うりふた）の双子がいるというのならば話は別かもしれないが、僕はそんなことは知らない」

「それは……でも、俺は人を殺してなんていない！　なにかの間違いだ！」

「弁明は裁判でするといい。まあ、決定的な証拠があるから意味ないだろうけどね。あははは！」

「ぐっ……アリオス、まさか、これはお前が……」

「捕まえろ」

アリオスの命令で、アクスとセルを除いた試験官達が一斉に動いた。さらに冒険者達も加わる。

どうする⁉　どうすればいい⁉

「にゃん⁉　れ、レイン！　どうするの⁉」

「くっ……今は逃げるぞ！」

「ダーメ、逃さないわよ♪」

「なっ……⁉」

すぐ近くの影が盛り上がり、それが人の形を取る……リーンだ。

影から影に移動する魔法『シャドウシーカー』を使用したのだろう。

「アースバインド！」

さらに、リーンは魔法を連続で唱えた。大地が隆起して、檻（おり）のように体に絡みついてくる。

「アリオスから聞いたけど、あんた、状態異常が効かないんでしょ？　でも、これならどう？」

「ぐっ……この！」

全力で抜け出そうとするが、次から次に土の枷（かせ）が絡みついてきて、逃げることができない。

「やめろっ、リーン！　俺は人を殺してなんていない！　これはなにかの間違いだ。だから……」

「あははっ、そんなのどうでもいいわ」

「リーン……？」

「あたし、あんたのことが気に入らないの。ゴミ虫のくせしてあたしに逆らうし、パゴスのことを上にチクるし……ふざけてんじゃないわよ。あんた、生意気なのよ。あたしを誰だと思っているわけ？　大魔法使いのリーンさまよ。このあたしに逆らった罰を受けなさい。きゃははは♪」

「リーン、お前……そんなくだらない私怨で、こんなことをしているのか！」

こんなヤツが勇者パーティーを名乗っているなんて……ふざけている！

「きゃっ⁉」

「あうっ⁉」

ソラとルナの悲鳴に慌てて顔を動かすと、アッガスに捕まる二人が見えた。

魔法戦ならばソラとルナに敵はいないが、肉弾戦となると厳しい。アッガスの豪腕を振りほどくことができず、ジタバタと苦しそうにもがいていた。

「このっ……！」

「甘く見るな、なのだ！」

ソラとルナは魔法を使い、アッガスを引き剝がそうとするが……

「そこまでです」

ミナが鋭く言い放つ。

その手には、光のロープで縛られたティナの姿があった。

「みんな、すまんやで……ヘマしてもうた。あの映像を見て驚いて……その隙をつかれてしもうた」

「私は神官です。幽霊を消すことくらい造作もありません。今この場で浄化をしても……」

「ミナっ、やめろ！」

「なら、おとなしく投降してください。抵抗は許しません」

ティナは幽霊という特性から、最強種に近い力を発揮できるが……神官は天敵だ。浄化の光を浴びせられたら、そのまま消滅してしまう。

「ふしゃー！　人質をとるなんて卑怯だよ！」

「そうよ、ふざけた真似するんじゃないわよ！　それでも勇者パーティーなの⁉」

「私達の行いは正しく、神に認められています。そのような言葉で心が揺らぐことはありません」

「くっ……！」

ダメだ、なにを言ってもミナには話が通じない。

「ん……」

ニーナはこそこそと動いて、亜空間を使い、みんなの救出を試みようとしていた。

もしかしたら、ニーナならこの場をなんとかできるかも……そんな期待を抱くのだけど。

「はい、あなたもおとなしくしていてくださいね」

「あうっ⁉」

いつの間にか背後に忍び寄っていた女騎士が、ニーナを取り押さえた。

名前は知らないが、アリオスと一緒に行動しているのなら、新しいメンバーなのだろう。

「さて……レイン、勝負あったね。おとなしく降伏したまえ。しないのなら……斬るよ？」

「くっ……アリオス、お前っていうヤツは……!!」

血が出てしまうほどに、強く唇を嚙む。

俺、ソラ、ルナが拘束されてしまい……さらに、ニーナとティナが人質にとられた。

下手に動くことができず、カナデとタニアは構えたまま、その場でじっとしていた。

敵はアリオス達だけではなくて、試験官と冒険者も俺達を包囲している。アリオスの言葉を完全に信じている様子で、迷いはない。彼らを説得することは不可能だろう。

セルとアクスは抗議しているが、その声は届かない。

どうする……この状況を打破するにはどうしたらいい？　どうすればいい⁉

必死になって考えるが、どうしても答えは見つからない。

代わりに、一つの選択肢が浮かんでくる。

俺は、もう一度、強く唇を嚙んで……その選択肢を取る。

「……わかった。投降する」

「レインっ⁉」

カナデが驚きの声をあげた。タニアも本気なの？　というような顔に。

悔しいが、ここまできたら、もうどうしようもない。完全に詰んでいた。

下手に抵抗をすれば、俺だけじゃなくて、みんなも傷つけられてしまうかもしれない。それだけは絶対にダメだ。断じて認められない。

今なら、俺の単独犯ということで、みんなは罪に問われないはず。

もちろん、簡単に諦めるつもりはない。

逃げ出す方法や、無実を証明する方法……色々と考えて試してみるつもりだ。

ただ、今はおとなしく捕まるしかない。

「物分りがよくて助かるよ、レイン。少しは成長したのかな？」

「くっ……！」

殴りかかりたくなる衝動を我慢しつつ、努めて冷静に問いかける。

「一つ聞くぞ。今回の件は……アリオスの仕業なのか？」

「どういう意味かな、それは？」

「俺を陥れたのはアリオスの仕業なのか、と聞いている」

「さて……なんのことか、さっぱりわからないね」

アリオスは……笑った。

楽しそうに、嬉(うれ)しそうに……愉悦に満ちた笑みを口元に貼り付けた。

その笑みを見て、アリオスが真犯人であることを確信した。

その理由はわからないが、俺を貶(おとし)めようとしている。

俺をパーティーから追放するだけでは飽き足らず、新しい仲間も奪おうとして、俺の人生も潰そうとして……どうしようもない怒りがこみ上げてくる。

かつてパーティーを追放された時と同じような、激しい怒りが湧き上がる。

今更かと思われるかもしれない。

ひどい扱いを受けていたが、それでもパーティーメンバーなのだからと思っていたところがあり……甘いと言われるかもしれない。

ただ、今になって、ようやく俺は確信した。

アリオスは……敵だ。

～ Another Side ～

抵抗することを諦めたレイン達は、連携を防ぐため、一人一人、別の馬車に乗せられた。

さらに、それぞれに力を封印するための魔力錠がつけられた。最強種の力を封印して、その力を一般人並にしてしまうという、とても強力な代物だ。

ここまでされれば、いかに最強種であろうと……その力を得たレインであろうと、どうすることもできない。逆らうことを許されず、レイン達、馬車で王都へ移送されていく。

その様子を見たアリオスは、我慢できないという様子で笑う。

「はっ、くくく……ついにやったぞ、忌まわしいレインをこの手で……くははは」

まだ人目があるため、なんとか我慢をしているが、本来なら大声で笑いたいところだ。

それくらいに気分が良く、アリオスの心は今までにないほど晴れていた。

「あー、スッキリした。あいつら、マジざまあ。思い返しただけで笑えるんですけど」

リーンは人目を気にすることなく、おもいきり笑い、気持ちよさそうな顔をする。

長年の鬱憤が晴れた、というような感じで、ひたすらに笑う。

「リーン、少し落ち着いてください。勇者パーティーにふさわしい言動をとらないといけません」

「わかってるけどさー、でも、ちょっとはいいじゃん？　あいつらには散々コケにされたし」

以前、レインとアリオスが激突した時、リーンはタニアに痛い目に遭わされている。

その時の恨みを晴らすことができたのが相当にうれしいらしく、満面の笑みを浮かべている。

一方のミナは、あくまでも落ち着いていた。同じく痛い目に遭わされているため、思うところがないわけではないが……彼女の場合、愚か者に天罰を下すことができたという想いが強い。

「……ふん」

アッガスは、特になんの感情も抱いていないように見えた。無表情のまま腕を組み、適当な木に寄りかかりながら、成り行きを見守っている。

そんな仲間達の様子を確認した後、アリオスはテントに移動する。

一人になり……唇が大きく歪み、自然と笑い声があふれ出す。

「あは……あはははははっ、あ――――はっはっは!!」

なんて愉快なのだろう、なんて痛快なのだろう、なんて素敵なのだろう。

アリオスはレインの顔を思い返した。

仲間が捕らえられて、為す術がなくなり、追い詰められた時の顔……それを思い返すだけで、なにもかも心の底から満たされたような気分になる。

「アレだ、あの顔が見たかったのさ。あははは、今日は最高の日だな、たまらない！」

アリオスは高笑いを響かせた後、そっと頬を撫でた。

今でもレインに殴られた時の痛みを覚えている。

勇者という特別な存在が、ビーストテイマーなんかに負けた……その屈辱が魂に刻まれている。

その恨みをいくらか晴らすことはできたが、しかし、これで終わりではない。

もう許してくれと泣いて土下座をするくらい、全てを奪い尽くしてやろう。

そして、最後はこの手で……

「失礼します」

暗い妄想を働かせていると、モニカが姿を見せた。

彼女はアリオスを見て、にっこりと笑う。

「なにやら、とてもごきげんな様子ですが……レインさんの件ですか？」

「まあね。ようやく、あの愚か者に罰を与えることができた。これで終わりというわけではなくて、むしろ始まりなのだけど……一歩を踏み出すことができた。とてもうれしいさ」

「それはなによりです。おめでとうございます」

「君のアイディアでレインを追い込むことができた。なにか礼をしたいな。なにをしてほしい？」

「いえ。アリオスさまのためなら、これくらいのことはなんでもありません」

「謙虚だな、君は。まあ、それが君の美徳でもあるか」

アリオスは小さく笑いつつ、シンプルなデザインの眼鏡を取り出した。

何気なく指先で転がして、それから身につける。

すると、その姿がレインのものに変化した。

「君がくれた魔道具もすばらしい。コイツのおかげで、レインを貶めることができた」

「転写の眼鏡……特定の人物の姿を模倣することができる魔道具ですね。役に立つのではないかと思い、王宮から持ち出していましたが……アリオスさまに喜んでいただき、なによりです」

「あらかじめ対象と接触しておくという制約は面倒だが、それでも、十分に役に立ってくれた」

能力を使うためには、眼鏡を身につけた状態で、十分、対象を観察しなければいけないという制約がある。アリオスは、レインと模擬戦をすることでその条件をクリアーしたのだ。

やや強引だったため、怪しまれているかもしれないが……このような魔道具があるということは、さすがに気づいていないだろう。

レインの姿を転写したアリオスは、その足で遺跡へ。

監視の魔道具のあるところにいる冒険者を探して、タイミングを見計らい、レインになりきり冒険者達を殺害。そうして、罪を着せる……それがアリオスの計画の全てだ。

非道な殺人犯として、レインは、良くて強制労働奴隷。悪くて死刑となるだろう。

その未来を想像するだけで、アリオスは、再び笑みがこみあげてきた。

「ところで、なにか用かい？」

「はい。その眼鏡の処分をしておこうかと」

「コイツを？　しかし、これだけの見事な魔道具だ。処分はもったいない気がするが……」

「その魔道具は、アリオスさまの犯行を証明してしまうかもしれません。優れた魔道具であることは同意いたしますが、足元をすくわれないためにも、きちんと処分しておくべきかと」

「ふむ……それもそうだな。わかった。コイツの処分は君に任せるよ」

「はい、すぐに終わります」

モニカはアリオスから眼鏡を受け取ると、小さな声で呪を紡いだ。

あらかじめ設定されていた自壊装置が起動して、眼鏡が塵となる。

「これで、アリオスさまに辿り着くことはできません。心配いらないでしょう」

「ありがとう、モニカ。僕は、君という素敵な仲間に巡り合うことができた運命に感謝するよ」

「はい。私も、アリオスさまと出会うことができた運命に感謝いたします」

モニカは、アリオスに忠誠を捧げるように、腰を折り深く頭を下げた。

そのせいで、アリオスは彼女の表情が見えなかった。

モニカは……笑っていた。


今後の対応をしなければいけないと、アリオスは気分良くテントを後にした。

その背中を見送り、一人になったモニカは恍惚とした表情を浮かべると、ここにはいない真の主の名前を口にする。

「リースさま……全て、順調に進んでおります」

4章　反撃の一手

移送の間、俺は必死になって無実を訴えるが、誰も信じてくれない。

ここがホライズンなら、結果は違っていたのかもしれないが、しかし、ここは王都だ。誰も俺のことなんて知らないし、その人となりなんてわからない。

逆に、勇者であるアリオスは英雄として扱われていて、なにも知らない一般の人達からの信頼は厚い。アリオスが黒と言えば、白も黒になる。

俺は無実を証明することができず、仲間と引き離され、騎士団本部の地下牢に収監された。

そして、一週間が経過した。

「くそっ」

なにもすることができず、ただただ時間だけが流れた。

あれから一週間、みんなは大丈夫だろうか……？

カナデやタニア、ルナは直情的なところがあるから、無茶をしていないか心配だ。

ソラとティナは落ち着いているけれど、たまに無理をするから気になってしまう。

ニーナはまだ幼い。牢に囚われたことで、エドガーのことを思い出さないといいが。

「とはいえ……まずは、自分の心配をしないといけないか」

地下牢のため、地上の様子はまったくわからない。鎖に繋がれていて、まともに休めない。

さらに、一日に数時間、尋問が繰り返されて……疲労が溜まり、肉体的にも精神的にも疲れてしまう。心が摩耗してしまい、だんだん頭がぼーっとしてきた。

体力のある男の俺がこうなのだから、みんなはもっと厳しい状況かもしれない。

「どうにか、って思うんだけど……この状況、どうやって打開すればいい？」

アリオスが用意した証拠は、傍から見れば完璧なものだ。文句のつけようがないし、俺が殺人を犯したと証明するのに十分だろう。

このままだと俺は、殺人犯として裁かれてしまう。

無実を証明する方法は……今のところ、なにも思い浮かばない。

「……いっそのこと、脱獄してしまうか？」

おそらく、脱獄は可能だ。

ここは王都にある、騎士団の本部。かなり厳重な警備となっているが、この一週間で、見張りの騎士の行動パターンは把握した。早朝に気が緩むなど、弱点も見つけた。

やってやれないこともないと思う。

しかし、脱獄したとして、その次はどうする？　無実を証明できなければ、ずっと追われる身になってしまう。

自由になれるだけで、根本的な問題は解決しない。

「でも、囚われたままじゃあ、なにもできないか。状況が好転するとは思えないし、一か八か、リスクを覚悟で大胆に動くことも……いや、でも、もしも失敗したらみんなが……」

これからのことを考えていると、複数の足音が聞こえてきた。

尋問の時間でもないし、食事の時間でもない。それに、一人だけ足音がやけに軽い。

なんだろう？

不思議に思っていると、牢の手前で足音が止まる。

「ここで大丈夫です」

「しかし、相手は殺人犯です。お一人にするわけには……」

「牢に入れられているのです。問題はないと思いますが？」

「それは……」

「あなた方はここで待機を。これは命令です」

「……はっ」

なにやら聞き覚えのある声が……？　いや、でも、あの方がこんなところに来るわけがない。

そう否定するものの、しかし、現実は俺の予想の上をいく。

「こんにちは、レインさん」

「サーリャさま⁉」

どこかいたずらっぽい顔をしたサーリャさまが現れた。

「どうしてこんなところに……え、夢？」

「ふふ、現実ですよ。レインさんの驚くところを、初めて見ることができました。これは貴重ですね。わざわざ、このようなところまで足を運んだ甲斐がありました」

「え、いや……驚かすためだけに、って、そんなわけないか。いったい、どうしたんですか？」

「レインさんが捕まったと聞いて、急いで事情を調べた後、こちらへやってきました」

「もしかして……俺の力に？」

「はい、もちろんです。本当は、色々と話をしたいところなのですが、あまりのんびりとしていられません。まずは、ここを脱出しましょう。脱獄なんて、と思うかもしれませんが、今はそれが最善なのです。私を信じていただけませんか？」

「……わかりました」

「すぐに答えるのですね」

「他ならぬサーリャさまの言葉ですから」

「とてもうれしい言葉です。では、まずはこの鍵を使い、魔力錠を解いてください」

準備はバッチリらしく、サーリャさまから魔力錠の鍵を受け取る。

首と足につけられていた魔力錠を解錠すると、封印されていた力が解放されて体が軽くなる。

この状態なら、みんなと契約したことで得た力を使うことができるのだけど……搦め手を使うのではなくて、真正面からの突破となると、少々厳しい。

ここは、王都にある騎士団本部。数えるのが億劫になるほどの騎士がいるだろう。その中には、Aランクの冒険者に匹敵する実力を持つ騎士がいるはず。

そんな連中を相手にはしたくないので、脱獄するならば、入念な準備が必要なのだけど……サーリャさまは、今すぐに脱獄しろと言う。

無茶ということは理解しているはず。なにか策があるのだろうか？

「私を人質にしてください」

「……なんですって？」

「私のことを人質にして、ここから脱出してください。そうすれば、真正面からの突破も可能です」

聞き間違えじゃなかった。

確かに、サーリャさまを人質にすれば脱獄は容易かもしれないが、そんな不敬は……

「レインさん、急いでください。あまり時間はありません。勇者アリオスは、レインさんだけではなくて、カナデさん達を処刑しようとしています」

「それは本当ですか⁉」

「はい。私はそのことを知り、止めようとしているのです。誰もがみな、レインさんが罪を犯したといいますが……そのようなこと、私は信じません。レインさんは、そのようなことをする方ではありません。私は、レインさんの無実を信じています」

「サーリャさま……」

「まずは、脱獄することを第一に考えてください。捕らえられたままではなにもできず……勇者アリオスの思うようにされてしまいます。だから……私を利用して、ここから逃げてください」

サーリャさまは、決意に満ちた瞳をしていた。

いくら王女であろうと、罪人の逃亡の手助けをすればタダで済むわけがない。王族としての地位の剝奪、そして投獄……あるいは、それ以上の罰が待っているだろう。

それなのに、サーリャさまは迷うことなく、すでに覚悟を決めていた。

ならば、俺も迷うわけにはいかない。覚悟を決めよう。

「わかりました。なら、遠慮なくサーリャさまを利用します」

「はい。その大胆な決断こそ、レインさんらしいですわ」

「では……物質創造」

ニーナと契約したことで得た力を使い、牢の鍵を作り出して、そのまま外に出る。

それから手錠を作り出して、俺とサーリャさまを繋いでしまう。

「えっと……し、失礼します」

「あ……はい」

そっと、サーリャさまを抱きかかえた。

手錠で繋いだ手で、サーリャさまを引き回すわけにはいかないので、こうして抱きかかえるしかないのだけど……王女さまとはいえ年頃の女の子。

温かくて、柔らかくて……時折、吐息が触れる。

って、邪なことは考えるな。

「しっかりと摑まっていてください。こうしておけば、騎士達は手を出せないでしょう」

「あの……私、重くありませんか？」

「大丈夫ですよ。俺は、こう見えても力持ちなので」

「むう……それ、答えになっていませんよ」

仕方ないじゃないか。成人女性を抱えているのだから、多少なりとも重さを感じるなんて、口が裂けても言えるわけがない。

「では……いきます！」

「はいっ」

サーリャさまを抱えたまま、地下牢の外に出た。

外は監視部屋になっていて、サーリャさまに同行していた騎士が三人、並んで待機していた。

「なっ……貴様は⁉」

「サーリャさま⁉」

突然、飛び出してきた俺達を見て、騎士達が動揺を露わにした。

その隙を見逃さず、顎を下から上に殴りつけて脳震盪を起こし、それぞれ気絶させた。

その後、別の部屋にある俺の荷物と装備を回収して、地上へ続く階段を移動する。

「ふぁ……す、すごいですね」

「すみません。他に逃げ道がないため、手荒な真似をしましたが、驚きましたか？」

「えっと……はい、別の意味で驚きました。話は聞いていましたが、レインさんはとても強いのですね。いくら不意をついたとはいえ、歴戦の騎士をああも簡単に倒してしまうなんて」

驚いたのではなくて、感心していたのか。

こんな時にそんな感情を抱く余裕があるなんて、サーリャさまは大物なのかもしれない。

「これからもっと驚くことになりますよ。引き続き、しっかりと掴まっていてください」

「わかりました、お願いします」

どことなくわくわくした感じで、サーリャさまはにっこりと笑うのだった。

サーリャさまを人質に取ることで騎士達を翻弄することができて、無事に騎士団本部を脱出することに成功した。

人混みの中に姿を紛れて追手を振り切り、裏路地へ移動する。

「あちらの家です」

ある程度移動したところで、サーリャさまが、とある家に入るように指示した。

いざという時に王族などが使う、セーフハウスらしい。

中はそれなりに広く、調理場や水場もあり、一通りの家具が揃（そろ）っていた。セーフハウスということで、長期間の滞在も想定されているようだ。

ひとまずサーリャさまをソファーに下ろし、それから手錠を外した。

「失礼しました、大丈夫ですか？　手は痛みませんか？」

「大丈夫ですよ。それにしても……ふふ、手錠をかけられるというのも新鮮な経験ですね」

冗談のつもりかもしれないが、今の状況だと笑えない。

「それで……詳細を教えてくれませんか？」

「はい、わかっています」

笑顔を消して、サーリャさまは真面目な顔になる。その表情には、俺に対するいくらかの心配の色が込められていた。

「一週間前のこと……レインさん達が殺人の容疑で逮捕されたという知らせを受けました。そのようなことはありえないと、撤回するように指示したのですが……その必要はない、レインさんの罪は確かなものだ……と、勇者アリオスにはねのけられてしまいました」

「なるほど……それで？」

「勇者アリオスの態度は不自然で、まるで、レインさんを犯人にしたがっているように思えました。なにかが隠されているに違いないと確信した私は、モニカにコンタクトをとりました」

「モニカ？」

「あ……最近、勇者アリオスのパーティーに加えられた騎士です」

「……あぁ。そういえば、見慣れない顔がいたな」

女騎士がいたことを思い出した。

とても綺麗(きれい)なのだけど、しかし、時折、恐ろしく冷たい目をしていたな。

サーリャさまの話によると、モニカはアリオスを監視するために派遣されたという。

「モニカは、元は父の親衛隊で……基本的に、私達の味方なのです。なので、勇者アリオスが隠しているであろう『なにか』についても知っているはずです」

「その口ぶりだと、まだ結論にはたどり着いていないんですか？」

「はい……モニカもアリオスさまを疑っているみたいですが、確たる証拠は得ていないらしく……

引き続き、近くで様子を見ると言っていました」

「ふむ？」

サーリャさまの言葉に少し違和感を覚えた。

モニカという騎士……元親衛隊というのだから、かなり優秀なのだろう。

それなのに、アリオスの裏の事情を把握していないなんて、ありえるのだろうか？

よほどうまくアリオスが立ち回ったのか……あるいは、俺達の予想はまったくの見当違いのところを向いていて、今回の件にアリオスは関わっていない？

ダメだ。情報が足りないせいか、よくわからないな。

ひとまず、サーリャさまの話の続きを聞こう。

「その後、私は私で独自に調査を続けたのですが……すみません。私の方でも、確たるものは見つけられませんでした。ですが、レインさんが人を殺したなんて、到底信じられません。故に、せめて脱出の手助けをしようと思い……」

「今に至る、というわけか……なるほど、よくわかりました」

「すみません、役に立たない王族で……私にもっと力があれば、レインさんの容疑を晴らすこともできたかもしれないのですが」

「いえ。こうして脱出を手助けしてくれただけでも、相当にありがたいです。それに、どこで手に入れたのか知らないですが、アリオスは俺が殺人を犯している場面を映像に残していましたからね。あの証拠がある限り、いかにサーリャさまといえど、裁定を覆すことはできないでしょう」

「そう言っていただけると助かります」

サーリャさまは柔らかい笑みを見せた。

役に立てないと思い込み、後ろめたい思いをしていたのだろう。

「でも……不思議なんですけど、どうして、そこまでしてくれるんですか？」

以前の恩返しかもしれないが、でも、一歩間違えばサーリャさまが破滅してしまう。それなのに、ここまでする理由がわからない。

「そうですね……恩返しや、私自身がそのようなことはないと信じているなど、色々と理由はありますが……一番は、レインさんは、この国に必要な方になると思ったからでしょうか」

「俺がこの国に……それは、どういう意味ですか？」

「すみません。確かな根拠があるわけではなくて、勘に動かされているところもあるため、明確に説明することはできません。ただ、レインさんはこの国に……いえ、この世界に必要な方であると、そう感じているのです」

「そんな、買いかぶりすぎですよ」

「いいえ、私はそうは思いません。たぶん、父も同じようなことを考えているでしょう」

そんな大きなことを言われても……と、戸惑うところはある。

でも言い換えれば、サーリャさまは俺のことを評価してくれている。認めてくれている。

不思議な気分だな……かつては役立たずとしてパーティーを追放されたのに、今は、王女さまから必要とされているなんて。

それはとても名誉なことであり、分不相応かもしれないが、素直にうれしいと思えた。

「えっと、なんていえばいいか……ありがとうございます」

「ふふ、どういたしまして」

軽く笑い……しかし、すぐに気を引き締める。

「協力は惜しみません。どうにかして、この事態を乗り越えましょう」

「はい、がんばりましょう」

ひとまず、これまでの経緯を理解して、現状を整理することができた。

その上で、これからどうするべきか？

「みんなは……あっ」

ついつい、いつもの癖で、みんなに問いかけてしまいそうになる。

みんなは囚われたままなので、当然、返事はない。

「……」

俺が一人ということを、改めて感じさせられてしまう。

今までは、どんな困難に襲われたとしても、みんながいた。

カナデがいた、タニアがいた、ソラがいた、ルナがいた、ニーナがいた、ティナがいた……でも、今は誰もいない。

俺は……一人だ。

正直なところ、一人が辛（つら）い。みんながいないことが寂しい。

「くっ……！」

不安なのだけど、しかし、立ち止まるわけにはいかない。臆して逃げるわけにはいかない。

みんなは、まだ捕まったままなのだ。

俺が助けないで、誰が助ける？

今まで、みんなには色々な場面で助けられて、支えられてきた。

なら、今度は俺の番だ。

必ずみんなを助けて見せる。

止まってなんていられない。迷ってなんていられない。

不器用でも、無様でも、情けなくても……がむしゃらに前に進まないといけない！

「よしっ」

気持ちを切り替えて、一つ、吐息をこぼした。

「ふふ」

気がつくと、サーリャさまが柔らかい笑みを浮かべていた。

「えっと……どうしたんですか？」

「必要とあれば、レインさんを支えるつもりでいましたが……無用な気遣いでしたね。レインさんは、ご自分の力で立ち上がることができる、とても強い方でした」

「そんなことはないですよ。いつも仲間に助けられてばかりで、俺は強くありません」

「誰かの力を借りることは、悪いことではありません。人は、一人では生きられないのだから。なので謙遜することなく、私からのレインさんに対する評価を、素直に受け止めていただければ」

「……わかりました」

サーリャさまには敵わないな。

この人はとても思慮深く、そして、優しい。俺を助けるために体を張ってくれて、王族という立場が危うくなるとしても、迷うことはない。

この人のように、強くなりたいな。

～ Another Side ～

「レインが脱走しただって？」

アリオスがその報告を受けたのは、レインが脱獄した翌日のことだった。

全て自分が思い描いた通りに事が進んでいる。

そろそろレインを裁きにかけて、己が犯した愚行を後悔させてやろう。

そんなことを考えるアリオスは、ひたすらに上機嫌だったのだけど……騎士団本部を訪ねたところで脱獄の報告を受けて、機嫌が急下降する。

「そんな話、聞いていないが……どういうことだ？」

「そ、それは、その……」

アリオスに睨みつけられて、騎士がしどろもどろになる。

そんな部下を見かねたらしく、上位の騎士がアリオスの対応にあたる。

「昨日、被疑者が脱走しました。殺人犯が市街に潜伏していると市民が知れば、動揺が広がるでしょう。そのため、内密に処理する必要が……」

「僕は市民じゃない。勇者だ。そして、この件に関わっている。それなのに、なぜ報告をしない？」

「……失礼しました。被疑者は単純に脱獄しただけではなくて、とても大きな問題を引き起こしたために混乱してしまい、報告が後々になってしまいました」

「問題？　なんだ、それは？」

「こちらへ」

騎士に案内されて、アリオスは客間へ移動した。

すでに人払いはしてあるらしく、他に誰もいない。

それでも、騎士は声を潜めて言う。

「実は……被疑者は、面会に来た姫さまを人質に取り、脱獄したのです」

「なんだって？」

予想外すぎることを聞いて、アリオスは思わずぽかんとなる。

「レインのヤツは、王女を人質にしたというのか？　それは本当に？」

「はい、間違いありません。幾人かの部下が目撃しています。事が事だけに箝口令を敷いています」

「へぇ……なるほど。なるほどね」

アリオスは口元に手をやり、考えるような仕草をとる。それは、笑みを隠すためのものだった。

当然ながら脱獄は重罪で、より重い罪状が課せられることになる。

それだけではなくて、王女を人質にしたとなれば、もはや国家反逆罪は免れない。ほぼ間違いなく、死刑となるだろう。

なんて運が良いのだろうと、アリオスは心の中で歓喜した。

ただの殺人では、レインを死刑にできるか怪しく、どうすればいいか考えていたのだけど……まさか、自分で自分の首を締めてくれるなんて。なんてありがたいのだろう。

アリオスは大笑いして、ざまあみろとレインを罵倒したくなるが、なんとか我慢する。

「つきましては、アリオスさまの力をお借りしたいのですが……」

「ふむ。そうだね……大変な問題だ。もちろん、僕も力を貸すよ」

「ありがとうございます。今は姫さまの捜索をしつつ、情報を集めている最中なので……まとまり次第、アリオスさまのお力を借りるかもしれません」

「今度は遅れることなく、きちんと報告してくれよ」

「はっ！」

敬礼する騎士に見送られて、アリオスは騎士団本部を後にした。

「あっ、アリオスだ。おかえり」

滞在している城の客室へ戻ると、リーンに出迎えられた。特にやることがないらしく、リーンは爪の手入れをしていた。

ミナとアッガスの姿もある。

ミナは、教会が発行している、神の教えについて書かれた本を読んでいた。

アッガスはちらりとアリオスを見ただけで、黙々と武具の手入れを続ける。

モニカの姿はない。

一応、アリオスの監視役となっているが……彼女は、心から自分に協力してくれている。

そう考えているアリオスは、深く気にすることなく、モニカのことを意識から外す。

「なんか姿が見えなかったけど、どこ行ってたの？」

「まあ、ちょっと面白いところさ」

「ここ最近はゆっくりしていましたが、そろそろ活動を再開するべきでは？」

ミナがぱたんと本を閉じて、アリオスにそう問いかけてきた。

それに対して、アリオスはニヤリと笑って見せる。

「そうだな、活動をしないといけないが……その前に、とんでもない事件が起きた」

「ん？　どゆこと？」

「レインが脱獄したらしい」

「へ？　あのゴミ虫が？」

「しかも、こともあろうに王女さまを人質にしたらしい」

「マジで⁉」

リーンは大きな声をあげて驚いて、ミナは目を丸くして、アッガスは武具の手入れを止める。

そんな仲間の反応を面白く思いつつ、アリオスは言葉を続ける。

「今は情報を集めている段階らしいが……いずれ、僕達も動くことになるだろうね」

「まさか、王女さまを誘拐するなんてねえ……アイツ、ヤケになったのかしら？」

「どちらにしても、許せることではありませんね」

リーンとミナが口々にレインを非難した。

アッガスは……なにを考えているかわからない顔で、じっとアリオスを見つめている。

「僕達の手で王女さまを救い出そう。そして、レインを討つ。問題はないね？」

「いいんじゃない？　そうすればあたし達の株が上がるし、金一封とかくれないかしら？」

「リーン。このような時に、お金の話をするなんて……」

「いいじゃん、いいじゃん。ここのところ良いことなかったし……手柄立てて、一気に評価を上げるチャンスだし。これを逃すわけにはいかないでしょ」

「リーンの言う通り、僕らの評価を変える良い機会だ。失敗しないように、しっかりとやろう」

そして、レインを殺す……アリオスは心の中で、そう付け足した。

「あー、なんか楽しくなってきたかも。手柄立てられるし、ゴミ虫を見返すチャンスね！」

「楽しいというのは賛同できませんが……しかし、大事な任務ですね。がんばりましょう」

やる気を出す仲間を見て、アリオスは満足する。

認めたくはないが、レインは強敵だ。過去に一度、アリオスは勝負に負けているし、最強種を従えているという点も厄介だ。戦う時は、総力をあげてかからないといけない。

なので、仲間達がやる気を出すのはいいことだ。

レインに罰を与えるために、自分の欲望を満たすために。

仲間達には、せいぜいがんばってもらうことにしよう。

そんなアリオスの思考に、仲間に対する思いやりなどは一切ない。

あるのは、いかにして役に立ってもらうかという、自己中心的な考え……それだけだ。

「待っていろよ、レイン……今度こそ終わりにしてやる」

あの日、あの時……アリオスはレインに負けた。

その時から全てが狂い始めた。勇者である自分がないがしろにされて、役立たずのはずのレインが持ち上げられる。

そのようなことはあってはならない、間違いは修正しなくてはならない。

そして……そのチャンスが巡ってきた。

今度こそ、きっちりとレインにトドメを刺す。そうすることで、過去の失敗を帳消しにする。

「……見ていろよ、レイン。お前は、もう終わりだ……」

アリオスは暗い笑みを浮かべて、唇の端をニヤリと吊り上げるのだった。

◆

「うにゃー……にゃんっ！」

カナデは大きく息を吸い……一気に吐き出すと同時に、気合を入れて牢を蹴りつけた。

しかし、牢はびくともせず、ガシャンと大きな音がしただけ。

代わりに、じーんとカナデの足が痺(しび)れた。

「あわわわっ……し、痺れるぅ」

尻尾の先までピクピクと震えて、カナデは足を押さえて、ぴょんぴょんと跳び回る。

落ち着いたところで、牢に備え付けられているボロボロのベッドに座り、天井を見上げた。そして、深いため息を一つ。

「はあ……脱出は難しそうかなあ。コレさえなければ、簡単に脱出できるのに」

カナデは、首と両手首につけられた錠を恨めしそうに見た。

この魔力錠のせいで、本来の力を発揮することができず、脱出が困難になっていた。

「レイン、大丈夫かな……」


「あーもうっ、こんなところにいる場合じゃないのに！」

タニアは一人、牢の中で大きな声をあげた。

忌々しい牢を睨みつけるものの、それで鍵が開くわけではない。苛立(いらだ)ちだけが増していく。

もしも魔力錠をつけられていなければ、今すぐにドラゴン形態に戻って暴れ回るのに。

そんな過激なことを考えるくらい、タニアはストレスが溜まっていた。

「レインも心配だけど……他のみんなは大丈夫かしら？」

カナデは、野生児の見本のような存在なので問題ないだろう、と失礼な結論を出した。

ソラとルナは、なんだかんだで、マイペースに牢屋生活を送っているだろうと結論を出した。

ニーナはまだまだ幼いから、怯えていないか、とても心配だ。

ティナは、その性格から、見張りの騎士と仲良くなり、あれこれと情報を仕入れてそうだ。

「あれ？　ニーナ以外は、わりと大丈夫……？　いやいや。だとしても、こんなところにいつまでもいるわけにはいかないし。さっさと抜け出したいんだけど、でも、どうすれば……？」

タニアは暗い顔になるが、それでも諦めることはなくて、打開策を必死に考え続けた。

「「あー……」」

ソラとルナは、同じ牢に閉じ込められていた。

生まれてから今に至るまで、ほとんどの時を一緒に過ごしてきた仲だ。

離れ離れにするのなら、後で絶対に後悔させてやる！　と見張りの騎士を脅して、なんとか一緒になることに成功したのだ。

ただ、魔力錠がつけられているので魔法は使えない。

脱出することはできないし、レインのことを調べることもできない。

どうすることもできず、二人はベッドに寝ていた。

「我が姉よ」

「なんですか」

「ベッドが硬いのだ。石の方がまだマシではないか？」

「さすがに石の方が硬いと思いますよ」

「そうなのか？」

「そうですよ」

「……」

「……」

沈黙が流れて……

「うだあああああぁっ！」

沈黙に耐えかねたようにルナがベッドから降りて、大きな声をあげた。

それから、自分達を閉じ込めている牢に手の平を向ける。

「終焉(しゅうえん)をもたらすがいいっ、アルティメットエンド！」

超級魔法を唱えるが、魔力錠のせいで魔法が発動することはなく、不発に終わる。

「ぐうううっ、これさえなければ……！」

「なかったとしても、こんなところで超級魔法を唱えようとする人がいますか。もしも正常に魔法が発動していたら、とんでもないことになっていましたよ」

「レインやみんなにひどいことをする人間なんて、どうなろうと知ったことじゃないのだ！」

「まあ、その点は賛成ですが……」

精霊族だからなのか、人間に対しては過激な姉妹だった。

レインが例外なだけで、ソラとルナが他の人間にも心を許しているわけではない。

「とはいえ、今はあがいてもどうしようもありません」

「ソラはこのままでいいというのか⁉　レインやみんながどんな目に遭っているか！」

「いいわけないでしょう！」

「っ⁉」

思いの外強い口調で言われて、ルナがびくりと震えた。

「レインやみんなのことは心配です。しかし、焦っても仕方ないです。我慢するしかありません」

「そうか……ソラも、耐えていたのだな。うむ、当たり前の話なのだ……」

「ですが、時が来たら、全力で暴れます。ソラ達をこんな目に遭わせたこと、後悔させます」

「うむ。その時は、我も全力でやってやるのだ！」

ソラとルナは決して諦めることなく、その瞳の奥に、逆襲の炎を小さく燃やしていた。


「んー」

鳥かごに入れられたティナは、隙間から手を伸ばして、ニーナの魔力錠をいじっていた。ヘアピンを使い、カチャカチャと解錠を試みる。

しかし、その構造は複雑で、とてもヘアピンでは解錠できない。

ティナも鳥かごに閉じ込められているせいで、自由に動くことができないでいた。見た目はただの鳥かごだけど、内部の魔力を妨害するという特別製だ。

ティナに合う魔力錠がないため、急遽、用意されたものだった。

「ダメや……これは無理や」

「だいじょう……ぶ？」

疲れた様子で転がるティナを、ニーナは心配そうに見る。

「平気やでー。ちと疲れただけやからな。ウチのことよりも、ニーナは大丈夫か？　こんなところに入れられて、変なこと思い出さんか？」

「ん……ティナが一緒だから、平気……だよ」

こんな目に遭っているというのに、ニーナは笑顔を絶やしていない。

しかし、それはいつまで続くのか？　ずっと牢に入れられていれば、やがて肉体的にも精神的にも疲弊してしまうだろう。

ニーナはまだ子供なので、この過酷な環境に長期間耐えられるとは思えない。限界が訪れる前に、自分がなんとかしないといけない……ティナは使命感に燃えていた。

それに、ニーナだけではなくて、レインや仲間もなんとかしないといけない。きっと、ニーナと同じように不自由な目に遭っているだろう。

ティナは絶対に諦めないと、決意を固くした。

「よしっ、休憩終わりや！」

「待ってろー、今度はそこで拾った釘でやってみるで」

ティナは釘をニーナの魔力錠の鍵穴に入れて、再び解錠を試みる。

ニーナは特になにも言わず、ティナに任せているが、諦めているわけではない。

何度も何度も亜空間を開こうとがんばっていた。

魔力錠があるため、うまくいかないが、それでも諦めずに何度も何度も挑戦していた。

ただじっとしているだけなんてイヤ、助けられるだけなんてイヤ。

そんなものはもう終わりで、今度は、自分がレインを助ける。

小さな体に強い決意を宿して、ニーナは能力の発動を繰り返し試すのだった。

◆

今後の方針について、何度も何度も、繰り返しサーリャさまと話し合った。

敵の思惑などを推理しつつ、その行動も予測して、今後の流れを読む。

そんな話を広く深く続けて……たっぷりと時間をかけて話し合うことで、結論が出る。

「今、なによりも優先することは、例の魔道具についての調査ですね」

「はい、それが一番だと思います」

アリオスが用意した魔道具には、なにかしらの細工が施されている可能性が高い。俺が殺人を犯した映像は、その仕掛けによって、人為的に作られたものだろう。

サーリャさまの話によると、アリオスは、調査に必要だからと、頑なに魔道具を手放そうとしないらしい。騎士団に預けることもせず、自分で保管しているのだという。

ものすごく怪しい。他人の手に渡ると困ります、と言っているようなものだ。

そんな魔道具を調べることができれば、俺の無実に繋がる証拠を得られるかもしれない。

「問題は、どうやって魔道具を手に入れるか……ですね」

「それでしたら、私に考えがあります。今度、事件に関する大規模な調査が行われると聞きました。そこで騎士団は、一時、勇者アリオスの魔道具を預かるようです」

「それは、いつも断ってきたのでは？」

「何度も何度も断れば周囲に怪しまれてしまう……勇者アリオスは、そのことを懸念したのでしょう。やむを得ずという感じで、騎士団に魔道具を貸し出すことを決めたみたいです」

「なるほど……じゃあ、横から突くような形で魔道具を奪取すれば……」

「はい。私達の手で詳しく調べることができます」

「その調査は、いつ行われるんですか？」

「予定通りならば明日ですが……どうなるでしょうか？　私が誘拐されたことで、以前の予定が変わっているかもしれませんし、確たることは言えません」

「それもそうですね……さて、どうしたものか」

魔道具を奪取するためには、より正確な情報が必要だ。

しかし、俺は指名手配されているだろうし、サーリャさまも表立って動くことは難しい。サーリャさまが部下に命令するとしても、今は、なるべく接触は避けたいところだ。下手に動くことで、逆にこちらの情報が敵に流れてしまうことも考えられる。

あれこれと考えてみるものの……これ以上は、俺達だけでは手が足りないという結論に。

あと一人か二人、協力者が欲しい。

敵の情報を得ることができる立場にいて、腕が立ち、絶対に信頼できる人。それは……

「サーリャさま、一つ聞きたいことが」

「はい、なんでしょうか？」

「Ａランク昇格試験の試験官のその後の行方、知っていますか？」

◆

幸いというべきか、サーリャさまは試験官のその後の行動を把握していた。なにかしらの役に立つかもしれないと、試験に関する情報も全て入手しておいたらしい。

その情報によると、試験官を務めた冒険者は、まだ王都に滞在している可能性が高いとのこと。

俺という犯人が逮捕されたものの、裁判にあたって証言を求める場合があるらしく、試験官を務めた冒険者は、全員、待機命令が出されたらしい。

その命令をしっかりと守っているのなら、あの二人に会えるはず。

頼むから、王都に残っていてくれよ……そう願いつつ、俺は夜の街を歩いていた。

ローブのフードを深く被(かぶ)って顔を隠して、身を潜めるようにしつつ、影から影へ歩く。

「ピィ」

仮契約をした鳥が戻ってきて、肩に止まる。

「どうだった？　周囲に人はいたか？」

「ピィ、ピィ」

野鳥は飛び上がると、その場で旋回をして、右を向いて鳴いた。

こちらに人がいますよ、という合図だ。

「ワン」

もう一匹……同じく仮契約をした野犬が帰ってきた。

野鳥と同じく、右を向いて小さく鳴く。

「よーし。お前たち、この調子で案内を頼んだぞ」

「ピィッ」

「ワンッ」

野鳥と野犬は俺に応えるように、元気よく鳴いた。

こういう時、彼らは本当に頼りになる。空から街を見下ろすことができるし、人間よりも遥(はる)かに優れた嗅覚などで、気配を探知できる。

この子達がいれば、まず見つかることはないだろう。

「よし……ありがとな。ここまででいいよ」

目的地に到着したところで、それぞれに餌をあげて、仮契約を解除した。

辿(たど)り着(つ)いた場所は……宿だ。

足場を探して、外から二階へ上がり、そっと中を覗(のぞ)く。

「……よかった、残っていてくれたか」

目的の人物が部屋の中にいることを確認した後、窓の隙間に短剣を入れて、強引に鍵を外す。

そのまま窓を開けて、土足で申しわけないのだけど、室内に入る。

「なっ⁉」

突然の俺の登場に、室内の人物は目を大きくして驚いていた。

彼が驚く顔は珍しく、なかなか貴重なものを見ることができた。

「ちょっと邪魔するぞ、アクス」

「おまっ……れ、レイン⁉」

驚きのあまり言葉がうまく出てこないらしく、アクスは口をぱくぱくと開け閉めしていた。

「いきなり悪い。セルは一緒じゃないのか？」

「いや、部屋は別だから……」

「それもそうか。一緒のわけがないよな」

「あっさり納得されるのも、それはそれで腹が立つな、おい」

「すまないが、セルを呼んできてくれないか？」

「……俺がセルじゃなくて、騎士などを呼んでくる、っていう可能性は考えないのか？」

「そうなると困るが……でも、アクスはそんなことしないだろう？」

「ったく……あまり人を信じすぎるものじゃないぜ？」

「アクスだからこそ信じているんだよ」

「男相手に殺し文句なんて使うな……ちょっと待ってろ」

「助かるよ」

「ああ、それと……無事でよかった。俺は、お前の無実を信じているからな」

照れるように早口で言って、アクスは部屋を出ていった。

一度は絆が切れたと思っていたけれど、そうではなくて、まだ繋がっていたのかもしれない。

そう思えることが、とてもうれしい。

「待たせたな」

ややあって、セルを連れたアクスが戻ってきた。

こちらを見たセルはわずかに眉を上げるが、それだけだ。事前に話を聞いていたらしく、それほど驚いていないみたいだ。

「なんだか、すごく久しぶりに感じるわ。大丈夫だった？」

「なんとか。ただ、みんなは捕まったままで……頼む！　協力してくれないか？」

アクスとセルなら、アリオスと繋がっていることはありえないし、すごく頼りになる。

二人が味方になってくれれば、この状況を覆せるかもしれない。

「……なるほどね」

一通りの話をしたところで、セルは納得したように頷いた。

隣のアクスは苦い顔をしている。

「お前……王女さまを人質にして脱獄するなんて、大胆なことをするな。下手したら……いや、下手しなくても反逆罪で終わりだぞ？」

「サーリャさまも納得してのことだから、俺の無実が証明されれば、なんとかなると思う。誘拐されたはずの本人が違うといえば、問題ないだろう？」

「それはまあ……いや、どうなんだ？　すごく難しい気もするが……」

アクスが懸念する通り乱暴な手段ではあるが、あの王が相手なら話がまとまりそうな気がした。

敵を炙り出すために娘を囮にするほどだから、緊急時として俺の手段も認めてくれると思う。

「それで、協力してくれないか？　俺だけじゃどうしようもなくて、協力者が欲しい」

「都合の良い話ね。私達とあなたの縁は切れたはずよ。その上であなたのために動くというのなら、それ相応の対価が必要になるわ。レインは、私達に何を提示できるのかしら？」

「俺の全部を」

「……」

迷うことなく言い切ると、セルは目を丸くした。

アクスも啞然とした。

「俺だけの問題じゃなくて、仲間にも危険が及ぶかもしれない。それは絶対にダメだ。俺にできることはなんでもする。文字通り、なんでも……だ。だから、助けてくれないか？　この通りだ！」

「……やれやれ」

　ややあって、呆れたような感じで、セルが苦笑する。同じく、アクスも苦笑する。

「ホント、変わらないのね……そのまっすぐなところ、少しうらやましく思うわ」

「ここまでして無視するってのは、さすがに……なあ」

「それはつまり……助けてくれるのか？」

　自分で言っておいてなんだけど、二人が協力してくれる可能性は低いと思っていた。俺をアリオスに売り渡すことはしないものの、聞かなかった見なかったことにする、と思っていた。

　しかし、そんなことはないと、二人は笑みを浮かべている。

「助けてやるよ。あ、別に礼はいいからな。レインにしてほしいことなんてねえし……まあ、強いて言うなら貸し一つ、ってところか。今度、酒でも奢れ」

「意地悪なことを言ってごめんなさい、レインの覚悟を試していたの。こんな状況でもまっすぐあろうとするあなたのことは、本当に好ましく思うわ。そんなレインのために協力できることは協力したい。今回のことは気になっていたし……レインのこと、放っておけないのよね」

「……ありがとう」

　俺はもう一度、深く頭を下げた。

その後、改めて、今回の事件について一から全部を説明した。

俺は無実で、アリオスにハメられた可能性が高いこと。そこを、サーリャさまに助けてもらったこと。逆転のために、殺害現場を記録した魔道具を探していること。

話を聞いたアクスとセルが難しい顔になる。

「あの魔道具か……確かに、怪しいといえば怪しいな。手放そうとしないんだよな？」

「調査に必要だからという騎士団の要請を、貴重なものだ、と言って撥ね付けているらしいわ」

いくら貴重なものだとしても、事件が解決されれば、そのまま返却されるはずだ。騎士団も、大事な証拠品を壊すようなヘマはしないだろうから、破損の心配はない。

アリオスとしても、俺を犯人にしたいのなら、喜んで魔道具を貸し出すはず。

それなのに、アリオスは魔道具を手放そうとせず、執拗なまでに手元に置いておこうとする。魔道具を調べられたらまずいことがある、というように思えた。

「サーリャさまの話によると、今度、アリオスは魔道具を騎士団に貸すらしい。さすがに、断り続けるのは無理があったんだろうな。それがいつなのか、正確な情報が欲しい」

「その日時を俺達に調べてほしい、っていうわけか。まあ、できないこともないだろうが、時間がかかるぞ？　もしも明日明後日に調査が行われるとしたら、間に合うかどうか……」

「いいえ、その心配はいらないわ」

「どういうことだ？」

「私、勇者が騎士団に魔道具を貸し出す詳しい日時を知っているの」

「「えっ？」」

俺とアクスは、揃って驚きの声をあげた。

まさか、俺が来ることを想定して、あらかじめ動いていた……とか？

そんなことを考えるのだけど、さすがにそれはないとセルは否定した。

「言っておくけど、偶然よ？　あの後、騎士団に協力して事件の調査をしていたの。アクスも同じよ。本当にレインが犯人なのか？　そのことを突き止めるために調査をしていたのよ」

「い、言っておくけどレインのためじゃねーからな⁉　あの事件については、俺も納得できないところがあって……だから、俺自身が納得するためにしていたことだ！」

「そっか……ありがとう、アクス。信じてもらえて、すごくうれしいよ」

「ばっ、おま……素直に礼なんて言うな。調子が狂うだろ」

「アクス。男がツンデレをしても気持ち悪いだけよ」

「セルはツンしかないな……たまにはデレてもいいんだぞ？　鞭ばかりじゃなくて、飴をくれ」

「矢でよければ、いくらでもあげる」

久しぶりの二人らしいやりとりに、思わず笑ってしまう。

「……話が逸れたわね。そういうわけだから、私達、騎士団と行動を共にすることが多いの」

「レインが脱獄したから、一気に慌ただしくなって……俺は王女さまの捜索に駆り出されている」

「私は事件の調査を続けているわ。騎士団の中でも疑問に思う人はいるらしく、細かい検証が進められているの。ただ……あの勇者、なんとしてもレインを有罪にしたいみたいね。勇者の権力を使い、早く裁判を始めるよう手を回してきたわ。バカな男ね。そんなことをすれば怪しまれるのに」

相変わらずというか、セルはキツイことを言う。

それが懐かしくもあり、なんともいえない気持ちになった。

「で……レインが脱獄したことで、勇者はチャンスと思ったのでしょうね。一気に調査を進めるために、今まで渋っていた魔道具の貸し出しを許可したわ」

「それはいつなのか、わかる？」

「明後日よ。受け渡しの場所は、騎士団本部。よほど他人に魔道具をいじられたくないみたいね。勇者の立ち会いの元、検証が行われるらしいわ」

明後日か……準備をするためにもっと時間が欲しいが、ないものねだりをしても仕方ない。

「助かったよ。おかげでなんとかなりそうだ」

「今の情報だけでいいのか？　多少は手伝ってもいいぞ？」

「ありがとう。でも、十分だ」

「……どうせ、俺らのことを気にしているんだろうに。ったく、難儀なヤツだ」

「変な遠慮はしないで、必要があれば声をかけてちょうだい。協力は惜しまないわ」

「アクス、セル……ああ、わかった。なにかあれば、その時は改めて協力してほしい」

そう言うものの、これ以上、二人を頼るつもりはない。

今の俺は殺人犯で、なおかつ、王女を誘拐した極悪人。そんなヤツに協力していたことが公になれば、二人も罰せられてしまう。それはダメだ。

これ以上、迷惑はかけられない。ここがギリギリのライン。

後は、俺がやる。

そう決意して、二人に別れの挨拶をして、俺は外に出た。

～ Another Side ～

部屋に残されたアクスとセルは、それぞれ微妙な顔をする。

「あいつ、かなり追い込まれているのに、協力はいらない、って……大丈夫なのかよ？」

「大丈夫ではないでしょうね。こんな状況なら、人手は一人でも多く必要なはずよ」

「なら……！」

「私達を巻き込みたくないのでしょうね」

「……」

「今ならまだ、事が露見しても私達にまで問題が及ぶことはないから。まったく……必要以上に優しいところも変わらないのね」

「でもよ、そんなの……」

「わかっているわ。納得していないのは私も同じ。だから……勝手に動くことにしましょう。私達が勝手に動くことについては、レインに止める権利なんてないものね」

「よしっ、さすが俺のセルだ！　そう言ってくれると信じていたぜ！」

「誰があなたのものなのよ」

「ぐはっ」

お約束というように、セルに殴られるアクスであった。

◆

決して十分とはいえない時間の中で、魔道具奪取のための準備を進めた。時に、サーリャさまに相談をして知恵を求めた。

このような事態を想定していたらしく、サーリャさまは騎士団本部の見取り図も用意していた。隠し通路や、今は使われていない小道なども記載されている、完璧な見取り図だ。

こんなものを用意しておくなんて、本当に頭が下がる。

おかげで、かなり精密な計画を立てることができた。

その他、考えられる限りの準備をして……そして、計画当日を迎えた。

「決して無理はしないで、いざという時は、魔道具は諦めて自分の身を第一に考えてください」

「はい、わかりました」

見送りに来たサーリャさまに、しっかりと頷いてみせる。

すると、なぜか苦笑されてしまう。

「まったく……レインさんはわかりやすいのですね。今のわかりましたは、ウソですね？　カナデさん達、仲間のためなら多少の無茶は仕方ない……そんな顔をしていますよ」

「……そんなにわかりやすいですか、俺？」

「ええ、とても」

余計な心配をかけないように……と思ったのだけど、サーリャさまには全てお見通しらしい。

「いいですか？　決して無茶はしないでください。絶対に無事に戻るように」

「それは王女としての命令ですか？」

「いいえ。お願いですわ」

「……わかりました。なるべく、がんばることにします」

「はい、期待しています。レインさんになにかあれば、カナデさん達が悲しみます。もちろん、私も涙を流してしまうでしょう。ですから、そんな想いをさせないでくださいね？」

「わかりました、約束します」

そう言われてしまうと、なにも反論できない。

俺は、サーリャさまとしっかりと約束を交わして、それから街へ出た。

一昨日と同じように、野鳥、野犬と仮契約をして、周囲の探索を行う。前回と違い、今は昼なので人も多く、片時も油断できない。騎士団本部への安全な道を探すだけで一苦労だ。

それでも、なんとか誰にも見つかることなく、騎士団本部の裏手に辿り着いた。

野鳥と野犬の頭をそれぞれ撫でて餌をあげて、仮契約を解除した後、裏手の扉から中へ入る。

ここは物置だ。使われていない物が押し込められていて、そのために鍵もかけられていない。

中へ通じる道なんてものはないが……道がなければ作ればいい。

「俺に道を教えてくれ」

今度はネズミと仮契約をして、部屋を調べてもらう。

鋭い感覚を持ったネズミは部屋の端の方へ移動して、小さな穴から奥へ消えた。

長年の老朽化で、ここの壁が薄くなっているみたいだ。音を立てないように、慎重に壁を剥がしていくと、騎士団本部に繋がる道が現れた。

「もうちょっとだけ付き合ってくれ」

引き続きネズミに案内を頼み、狭い通路を進んでいく。度重なる改築で使われなくなった通路らしく、埃(ほこり)だらけだ。咳(せ)き込(こ)んでしまいそうなので、ハンカチを口に巻いた。

そのまま、さらに奥へ奥へ進んでいくと……ほどなくして、人の声が聞こえてきた。

「……ほら、これが例の魔道具だ。証拠を固めるためというから貸すが、大事なものだから、取り扱いにはくれぐれも注意してくれよ？　あと、僕が見ているところ以外で使用しないように」

聞こえてきたのは、アリオスの声だった。

ちょうどいいタイミングで、魔道具を貸し出している最中らしい。

ただ、こちらは隠し通路の中なので、向こうの姿が見えない。壁が薄いため、声は聞こえてくるのだけど、それ以上のことはわからない。

「こういう時は……」

目を閉じて集中すると同時に、魔力をしっかりと練り上げる。

カチリと、頭の中で何かがハマる感触。目を開けると、ネズミとの同化が成功していた。

久しぶりだから少し心配だったのだけど、どうやらうまくいったみたいだ。

「よし」

ネズミの体を動かして、誰も気づかないような小さな穴から壁の向こうへ。

壁の向こうは会議室になっていた。広い部屋に、横に長い机が一定間隔で並べられている。

その一角にアリオスと二人の騎士がいて、例の魔道具を手にしているのが見えた。

「では、これより調査を始めたいと思います」

「一応、僕はここで見学をさせてもらうよ。繊細な魔道具だから、変なことをするようなら、注意をさせてもらう。そこを守るのなら、後は好きにして構わないさ」

アリオスの言葉に頷いて、二人の騎士は魔道具の調査を始めた。

アリオスの警戒心は相当なもので、作業が終わるまで魔道具を見張るつもりらしい。

困った。これじゃあ奪い取ることができない。

いや、強引に行けば、なんとかなるかもしれないが……ただ、できることなら、こちらの狙いをアリオスに悟られたくない。気づかれることなく奪いたい。

そのための方法は……

「……やれないことは、ないか？」

とある作戦を思いついた俺は、ネズミを戻して、同化を解除した。

「物質創造」

ニーナと契約して得た力を使い、魔道具の模写を作り出した。

いつも以上に時間をかけて、じっくりとイメージしたから、なかなかの出来栄えだ。魔道具としての機能は備わっていないが、見た目だけなら問題ないだろう。

「お前達、仲間を集めてきてくれないか？」

「チュウ！」

案内役のネズミに指示を飛ばして、あちらこちらから仲間を集めてもらう。

騎士団本部は古くに建てられた建物なので、ネズミはたくさん住み着いているわけで……

「あー……すまん。そんなにはいらないや」

「チュウ……」

百匹近い仲間を集めてきたネズミは、残念そうに鳴いた。

とりあえず、身体能力に優れたものを選り分けてもらい、特に優れた五匹に協力を頼む。報酬は、セーフハウスから持ち出した、ちょっと値の張りそうなチーズだ。

ネズミは喜んで協力してくれた。

「よし、作戦開始だ」

まずは、魔道具の模写を三匹のネズミに協力して運んでもらう。

それから、いつでも飛び出せる位置に移動してもらい、そこで待機。次に、一匹を照明の傍に移動させて、こちらも同じように待機。最後の一匹は、再び同化をして、俺の目になってもらう。

準備完了。

すぐに突撃するようなことはしないで、最適なタイミングを測る。

それこそ瞬きすら惜しむように、アリオス達をじっと凝視する。

ややあって……ベストタイミングが訪れる。

「……ちっ」

特になにかするわけではなくて、ただ見学するだけ。それに飽きたらしく、アリオスは舌打ちと共にあくびをして、魔道具からわずかに視線を逸らした。

今だ！

「チュウ！」

指示を飛ばして、照明を蹴り倒してやる。

「な、なんだっ⁉」

「これは……明かりが⁉」

突然、光源の位置が変わり、アリオス達が動揺した。

照明が床に落ちたせいで、部屋全体が暗くなってしまう。完全な暗闇というわけではないが、突然のことに動揺しているらしく、アリオス達は混乱しているようだ。

今がチャンス。

命令を出して、魔道具の模倣品を運ぶ三匹のネズミが駆けた。

ダッシュと跳躍を繰り返して机の上に飛び乗り、本物と模倣品をすり替える。

そして、誰にも見つからないうちに撤退……無事、作戦は成功した。

「おいっ、なにが起きている⁉」

「す、すみません。壁の照明が落ちたみたいで……古いものなので、ネジが緩んでいたのかも」

「照明は……よかった、壊れていないみたいです。すぐに元に戻します」

「早くしてくれ。なにも見えないわけじゃないが、ぼんやりとしてて、変な感じだ」

壁の向こうからそんな会話が聞こえてきた。

その様子から考えると、俺のことはバレていないみたいだ。魔道具がすり替えられたことにも気がついていないみたいだ。

「よし」

作戦は大成功。

もうここに用はないので、すぐに脱出しよう。

「ありがとう、助かったよ」

「チュウ♪」

ネズミの頭を撫でて、それと、お礼のチーズを置いた。

仮契約を解除した後、ネズミ達と別れて、元来た道を引き返す。

そのまま騎士団本部を後にして、裏路地へ。

物陰に隠れて様子を見るものの、追手が来る気配はない。

「よし、うまくいったみたいだな。これで……っ⁉」

足音が響いて、慌てて振り返る。

鎧を着ているらしく、カツカツという硬質な足音が近づいてくる。

もしかして、バレたのだろうか？

それにしては騒ぎになっていないように思えるが……いったい、誰だ？

不思議に思いつつも、再び物陰に隠れた。そのまま様子を見る。

「……」

呼吸は最低限に、息を潜めて気配を殺す。心臓の鼓動さえ少なく。

ビーストテイマーの技術の中で、野生の獣を探すために、己の気配を完全に殺すというものがある。俺は、それをきちんと習得していた。

この技術を駆使すれば、最初から気づかれていない限り、やり過ごすことができるはず。

しかし……ぴたり、と足音が近くで止まった。

「ふふ、かくれんぼですか？」

その声は、明らかに俺に向けて放たれたものだった。

驚き、硬直してしまう。

しかし、それ以上のことはなにもなく……おかしいな？　俺だと理解している感じがしたから、てっきり、騎士などを呼ばれると思っていたのだけど。

騎士団の関係者ではない？　それとも、そもそも俺を不審者と認識していない？

虎穴に入らずんば虎子を得ず。

相手の正体を、思惑を確かめるために物陰から出た。

「あなたは……」

「ごきげんよう、レインさん」

優雅に礼をしてみせたのは、アリオスと一緒にいた女……モニカという騎士だった。

「いい夜ですね。月が綺麗で……ふふ、散歩をするにはとてもいい日です」

こちらが警戒していることは気にしていない様子で、モニカは穏やかに笑う。

その言葉だけを捉えれば、あくまで散歩の最中に偶然出会った……ということになる。周囲に人が潜んでいる様子もないし、なによりも、モニカは俺に対して敵意を向けていない。

そもそも、モニカは王族側の人間で、サーリャさまの味方のはず。

敵ではないはずなのだけど……しかし、なぜだろう？　この女は危険だ、信じてはいけないと、俺の直感がそう告げていた。

念の為、いつでも動けるように身構えつつ、静かに問いかける。

「あなたは、モニカで間違いないか？」

「はい、そうですね。モニカ・エクレールと言います。よろしくお願いします。私のことは、サーリャさまから？」

「ああ、そうだ。アリオスの監視のために王族が送り込んだ騎士で、今は、サーリャさまに協力していると聞いているが……」

「はい、その通りですよ。まあ……私の主は別にいるのですが」

王のことだろうか？

それにしては、やけに含みがある台詞に聞こえた。

「あなたの役目は、アリオスの監視だよな？」

「はい、そうですね。アリオスさまは、ちょっと、おいたがすぎましたから。同じことを繰り返さないための監視。あと、勇者にふさわしいかどうかを見極めるため、でしょうか」

サーリャさまに聞いていた話と違うところはない。

話に矛盾はないし、普通に考えてモニカは味方なのだろうが……しかし、この嫌な感じはどういうことだろう？　どうしても、モニカが味方だとは思えない。

「その監視役がなぜこんなところに？」

「一度、レインさんと話をしてみたいと思いまして……あ、その前に一つ聞いておきたいのですが、アリオスさまが大事にしている魔道具は、無事に奪取できましたか？」

「なっ⁉」

俺の行動を把握している⁉

反射的にカムイを抜くが、モニカは剣を手にしないで、敵ではないと両手を上げてみせた。

「誤解なさらず。事前にサーリャさまに色々と情報を提供していたので、レインさんの取る行動が予測できただけです」

「そうか……それもそうか」

「その様子だと、無事に魔道具を手に入れられたようですね」

「ああ……モニカの情報のおかげだ。ありがとう」

「いえ、どういたしまして。私も、サーリャさまやレインさんの役に立ててうれしいです」

モニカはにっこりと笑う。

「……それで、どうしてこんなところに？　俺の様子を確かめに？」

「はい、それもありますが……先ほど申し上げた通り、一度、レインさんとお話をしてみたいと思いまして」

「話？」

「レインさん……あなたは現状に満足していますか？」

モニカがニヤリと笑い……瞬間、彼女の中の悪意が一気に吹き出した。

ゾクリと背中が震えてしまうほどに濃密で、濃厚な悪意。これほどの負の感情を心に宿している人間なんて、俺は今までに見たことがない。

努めて心を冷静にして、静かに問い返す。

「満足っていうのは……どういう意味だ？」

「そのままの意味ですよ。レインさんのことは、それなりに調べさせていただきました。ビーストテイマーでありながら、最強種を使役するという、とんでもない力の持ち主。やろうと思えば、もっと大きなことができるはずなのに……それなのに、ただの冒険者に収まっている。もったいないと思いませんか？　自分の力をもっと自由に振るいたいと思いませんか？　何者にも縛られることなく、好き勝手にしてみたいと思いませんか？」

「そんなことは思わないさ。そういう野望は身を滅ぼすだけだ。だいたい、俺は今、十分に満たされている。大事な仲間がいて、彼女達と笑顔で過ごすことができれば、それでいい」

「ふむふむ。まあ、予想していた通りの答えですね。あまりにも予想と同じなので、実は、私の思考が読まれているのではないかと思ってしまいました。ふふ」

バカにされているのかいないのか、いまいち判断しづらい。

「では、別の提案をしましょう……アリオスさまに復讐をしたくありませんか？」

「なっ……」

その誘いは……それこそ、悪魔の誘いのようだった。

「レインさんは理不尽にパーティーを追放された。これに対して思うところはありませんか？」

「それは……」

パーティーを追放されたのはもう過去のこと。

そのおかげというべきか、カナデ達を始め、みんなと出会うことができた。

ただ……欠片も気にしていないと言うと、ウソになるかもしれない。

俺は聖人君子じゃない。

あんな扱いを受けて、不当にパーティーを追放されて、思わないところがないわけがない。アリオスに対して復讐を考えなかったというと、それはウソになる。

「それだけではありません。レインさんの仲間を侮辱して、一方的に絡んできたこと……許せませんよね？　ホライズンの領主の息子……彼が魔族化したのも、アリオスさんのせいですよ」

「なっ……それは本当なのか？」

「ええ。証拠はもう残っていませんが……私はちょっとしたツテがあり、そのことを知っているのです。あれは子供じみた八つ当たりで、レインさんに嫌がらせをするために、アリオスさまが仕組んだことです。それと……パゴスの悪魔の一件。アリオスさまが軽はずみな行動をとらなければ、あの天族は今も眠ったままで……レインさんが心を痛めることもなかったでしょう」

「……」

「そして、今回の一件。アリオスさまは、故意にレインさんを陥れた。殺人犯に仕立てあげて、表舞台から排除しようとした。普通に考えて、許せることではないと思いますが」

「それは……」

動機はわからないのだけど、アリオスはとんでもないことをしてくれた。未だとぼけているが……俺達に対して明確な敵対行動を取り、みんなを傷つけようとした。

それは許せることじゃない。

「そこで、提案です。私と組みませんか？」

モニカが手を差し出してきた。

「私が協力をすれば、現状を打開することができます。レインさんの冤罪を晴らし、仲間達を無事に助けることができるでしょう」

それは抗うことが難しい誘惑だった。

俺のことはどうでもいいが、仲間を無事に助けられるというのなら考えてしまう。

「ここから逆転をして、そして、アリオスさまに復讐をしませんか？　アリオスさまが好き放題してきたせいで、レインさんはたくさんの被害を受けてきました。被害者であるレインさんには、アリオスさまに復讐する権利があります」

「……とても騎士の言葉とは思えないな」

「まあ、私も色々とありまして。それで……どうしますか？　私と組みませんか？」

悪魔がささやくように。

モニカは優しく、本当に優しく笑い、こちらをじっと見つめてきた。

その問いかけに、俺は……

「断る」

多少、考えたものの、それでも最終的に迷いを振り払い、きっぱりと言った。

「あら。私、振られてしまいましたか」

誘いを断られたというのに、モニカの様子は今までと変わりがない。単なる世間話をしているという感じで、激高するとか敵意を放つとか、そんな素振りは欠片も見せない。

サーリャさまの命令に従う一方で、アリオスを売ろうとして、俺をそそのかす。

わからないな……この女、いったいなにをしたいんだ？

「暗い感情がないとは言わないが、でも、復讐なんてするつもりはない。俺はもう、現状に満足していて、アリオスをどうこうなんて考えていない」

「そうですか……わかりました。では、素直に諦めることにしますね」

「ずいぶんと聞き分けがいいんだな？」

「まあ……元々、難しいだろうな、とは思っていたので。うまくいけば儲けもの、という程度に考えていたため、断られても驚きはありませんね。ただ、参考までに教えてもらえませんか？　現状に満足するだけで、復讐を諦められるものなのですか？」

「今言った通り、現状に満足しているし……それ以前に、あんた、うさんくさいんだよ」

「うさんくさい？」

「ただの騎士のはずなのに、それ以上のなにか……とても厄介な存在に見える。そんなヤツと手を組んだら、破滅以外の選択肢はないだろうな。だからやめておく……それが一番の理由だ」

「……ふふ、なるほどなるほど」

モニカは楽しそうに笑うが、その笑みは同じ人のものとは思えない。

悪魔が擬態しているかのような、悪意に満ちた笑みで、寒気を覚えてしまうほどだ。

「やはり、私達の敵はあなたになりそうですね」

「今の言葉、どういう意味だ？」

私……達？

事と次第によっては、ここで戦闘することも辞さない。

そんな意思を込めて、カムイを手に、モニカを睨みつけた。

「……」

「……」

俺はモニカを睨みつけて、モニカは笑みを俺に向ける。

そうして、しばらくの間、沈黙が流れて……

「ふふ……そんなに怖い顔をしないでください。冗談ですよ。誘いを断られたからといって、レインさんをどうこうするなんて考えていません」

「冗談、か……本当に、やましいことは考えていないんだな？」

「ええ、本当ですよ。さきほども言いましたが、元々、断られることを想定していましたから。断られたから暴れるなんてことはしませんし、私はレインさんの味方ですよ？」

「サーリャさまの部下だから？」

「はい、その通りです」

モニカと接した結果、その言葉は非常に怪しいものに思えてくるのだけど……残念ながら、俺は心を読む術を持たない。モニカの真意は不明だ。

「なら、俺が魔道具を手に入れたことも、アリオスには報告しない？」

今後、モニカはどう動くのか？

それ次第で、計画を大きく修正しなければならないだろう。

「はい、もちろんです。私は、サーリャさまの味方なので。ただ……」

「ただ？」

「アリオスさまの味方でもあります。いわゆるコウモリですね。うーん……私、けっこう厄介な立場にいますすね」

「自分でそれを言うか……？　というか、アリオスの味方というのは？」

「ふふ、それ以外のたとえは思い浮かばないので。私も、本当に色々とありまして……思うところはあるのですが、勝手に動くわけにはいかないのです。まあ……どちらが勝者になったとしても、私達の目的は達成できるため、わりと適当でも問題はないという理由もありますが」

敵でもあり味方でもある、という感じか。

なんて厄介な。いっそのこと、敵です、と明言してくれた方がやりやすい。目的が不明だからこそ、より一層、警戒感を抱いてしまう。

モニカはそれを気にした様子はなく、笑みを浮かべたまま。

さて、どうするか？

できることなら、モニカの態度をハッキリさせて、なおかつ、その目的を力ずくでも話してもらいたいところだ。

しかし、ここで戦えば誰かに気づかれてしまうだろう。最悪、魔道具をすり替えたことがアリオスにバレてしまう。

それに……なにも準備がない状態で、モニカと戦いたくはない。しっかりと準備をしなければ、思わぬところで足をすくわれて、とんでもない被害を受けそうだ。

「色々と気になることは多いが……」

俺はカムイを鞘(さや)に収めた。

「今、俺の邪魔をしないというのなら、あえて衝突することもないか」

「はい。そうしていただけると、私としても助かります」

「……この先は、どうなるかわからないけどな」

「あら、怖い。ですが、それは私の台詞でもあり……アリオスさまの味方をすることもあるかと思いますので、もし戦うことになったとしても、おしゃべりをしたよしみで手加減してくださるとうれしいです」

「その時は全力でいく」

「ふふ、本当に怖いですね」

なんてことを言いつつも、モニカは笑みを崩していない。

「では、この辺りで。また会いましょう」

「できることなら、二度と会いたくないな」

「つれないですね」

最後に、拗(す)ねるように頬を軽く膨らませて、モニカはどこかへ姿を消した。

念の為、しばらく警戒するものの、なにも起きる様子はない。

言葉通り、今は敵ではない、ということなのだろう。

「モニカ……か。できることなら敵に回したくないが、そうも言っていられないんだろうな」

嵐の予感がした。

～ Another Side ～

モニカは暗闇に包まれた路地を歩いて、しばらくしたところで足を止めた。

そして、おもむろに膝をついて頭を下げる。

その姿は、王に謁見する臣下そのものだった。

影が膨れ上がり、人の形を取る。そこから現れたのは、リースと呼ばれている魔族だ。

彼女こそが、モニカが真に仕える、敬愛すべき主だ。

「ごくろうさまでした」

リースは、優しい声でモニカに労(ねぎら)いの言葉をかけた。

モニカは軽く顔を上げて、やや苦い顔で報告をする。

「残念ながら、レイン・シュラウドを仲間にすることは叶(かな)いませんでした。事前に指示されていた通り、魔道具はそのまま……」

「ああ、報告はいりませんよ。私も見ていましたからね」

「そうでしたか。失礼しました」

「しかし……彼はモニカの誘いを断りましたか。うーん、残念ですね。イリスさんにいい土産ができると思ったのですが」

「最初に話していましたが、あの男は勇者と違い、欲というものがほとんどありません。そのような人間を引き込むことは難しく……」

「ああ、責めているわけではありませんからね。誤解しないで」

リースは月夜を眺めながら、笑みを浮かべる。

「レイン・シュラウドが再び返り咲いたとしても、私の目的は叶います。レイン・シュラウドが堕ちなかった今……代わりに、誰が堕ちるのか？　ふふ、とても楽しみですね」

深い夜の闇に、リースの笑い声が響いた。

◆

モニカと遭遇するというトラブルはあったものの、その後は特になにもなくて……魔道具をすり替えることに成功して、無事、サーリャさまのところへ戻ることができた。

俺は魔道具に詳しくないが、サーリャさまは、一時、専門家に習っていたらしい。王族の勉学とは関係なくて、ただ単に興味があったのだとか。

そんなサーリャさまならば、魔道具の解析が可能だ。

しかし、魔道具は複雑な構造をしているらしく、解析に三日前後かかるらしい。

今は、一分一秒でも時間が惜しい。三日も待つなんてひどくもどかしいが、どうしようもない。

俺にできることは、サーリャさまの助手となり、少しでも作業の速度を上げることだけだ。

そうして……二日が過ぎた。

魔道具の解析まであと一日。それで全てが明らかになる。

そんな時、事態が急転した。

「レインさん、大変ですっ！」

街の偵察を終えてセーフハウスに戻ると、サーリャさまが焦りの表情を浮かべていた。

俺を見て、慌てた様子で駆け寄ってくる。

「そんなに慌てて、どうしたんですか？」

「さきほど、この近くを騎士が通りかかり……このようなものを配っていました」

サーリャさまから号外を受け取り、目を通す。

『国家に仇なす最強種達を処刑する』

号外に書かれている内容をまとめると、以下の通りになる。

幾多の最強種が王都に潜伏して、大規模なテロを計画していたことが判明。そのことを突き止めた勇者アリオスは、犯人である最強種達を捕縛した。

最強種達に反省の色はなく、また、国家転覆を企んだ大罪人。

最強種は国家に所属していないものの、その罪は大きく、十分に裁きの対象になると判断。

未来の憂いを断つために、最強種達の処刑を執行する。

執行の場は、万が一の事態を想定して、王都の外にある遺跡……『大地の楔』で行う。

当然ながら、当日は関係者以外の立ち入りは禁止。

遺跡は厳重な警備が敷かれることに。

……そんなことが書かれていた。

隣から覗き込んでいたサーリャさまが、とても苦い顔をする。

「このような号外があり、早くレインさんにお知らせしなければと……ですがこれは、どう考えても罠です」

「そう、ですね……俺を誘い出すためのものでしょうね」

十中八九、アリオスが仕掛けた罠だろう。

アリオスは堪え性がないから、短期決戦を望んでいるのだろう。

俺を誘い出して、なおかつ、みんなを傷つけることができる。

そんな罠を思いついて、即実行。アリオスがニヤニヤと笑っている光景が、目の前の出来事のように想像することができる。

さあ、どうする？　これでもまだ、逃げ続けるつもりかい？

なんていう幻聴も聞こえてきそうだ。

「くそっ！」

制御しがたい怒りが湧き上がり、思わず声を荒くしてしまう。

発作的にイスをけとばしたくなるが、なんとかそれは我慢した。

そんなことをしたらサーリャさまを怯えさせてしまうし、暴れても何も意味はない。

でも、感情をコントロールできず、胸がざわついて、心が激しく乱れてしまう。

くそ、くそ……ちくしょう！

「レインさん」

そっと、サーリャさまが俺の手を握る。

「サーリャさま……？」

「このようなこと、私が言っても大きな意味はないと思いますが……それでも言わせてください。落ち着いてください」

「……」

「ここで熱くなり、感情に身を任せて行動をしたら、みなさんを助けることができなくなってしまうかもしれません。それはダメです。難しいことかもしれません。大きな焦りを覚えるかもしれません。それでも……どうか、レインさんらしくあってください」

「……俺らしく……」

サーリャさまと繋いだ手から、彼女の温度が流れ込んでくる。

心地いい感覚が俺の心を温めてくれて、自然と穏やかな気持ちになった。

「……ふぅ」

小さな吐息をこぼす。

それと一緒に、苛立ちや焦りも抜け出して……そして、小さく笑う。

「ありがとうございます、サーリャさま。おかげで、自分を取り戻すことができました」

「レインさん……よかった。私でも、少しはお役に立つことができましたか？」

「サーリャさまは、謙虚なんですね。すでに何度も助けられていますし、今もそうだし……すごく助けられていますよ。本当にありがとうございます」

「よかった。レインさんの力になることができて」

花が咲いたように、サーリャさまがにっこりと笑う。

その笑顔はとても綺麗で、さらに心が落ち着いていくのを感じた。

「俺はもう大丈夫です。対策を一緒に考えてくれませんか？」

「はい、任せてください」

「処刑は明日か……こんな号外を用意するくらいだから、準備は完璧なんだろうな。俺を捕えるために、騎士や冒険者などを動員している可能性が……うん？　ちょっと待てよ？」

ふと、疑問に思う。

こんな大掛かりなことをすれば、普通に考えて、王都にいる全員が処刑を知ることになる。

それは、城にいる王も同じ。

あの王が、こんなふざけたことを許可するとは思えないのだけど……どういうことだ？

その疑問をサーリャさまにぶつけてみると、難しい顔をされてしまう。

「それが……少し前に知ったことなのですが、父は今、公務で王都を離れているらしいです」

「俺が言うのもなんですけど、サーリャさまが行方不明なのに公務を優先しているんですか？」

「まあ、そういう父ですから。誘拐程度では動じませんし、交渉にも応じません」

「なるほど……言われてみると、そういうイメージがありますね」

問答無用の説得力があった。

数回しか顔を合わせていないけど、すごく合理的な人に見えたからな。

サーリャさまのことがどうでもいいというわけではないだろうが、それよりも、国を運営する方を優先しているのだろう。

王らしい王と言えた。

「これからについてですが……私は、城へ戻ろうと思います」

サーリャさまは強い決意を瞳に宿す。

「勇者アリオスは大きな影響力と強い指揮権を持っていますが……だからといって、このようなことを許してはいけません。私が城へ赴いて、この愚行を止めてみせます」

「……それは、やめておいた方がいいかもしれません」

「え？　どうしてですか？」

「すでに、アリオスが手を回している可能性が高いです。アリオスを止めようとしても、保護という名目で、サーリャさまは軟禁されてしまうかもしれません。軟禁されず、俺の無実を訴えたとしても、洗脳されている、とかそんなことを言われるかもしれません」

「私の言葉を信じるか、勇者アリオスの言葉を信じるか……という展開もありえるわけですね？」

「はい。そうなった時、どうなるか……」

「確かに……そうなると、分が悪いかもしれませんね」

「なので今は、魔道具の解析を急いで進めてくれませんか？」

この状況をひっくり返すための一番の方法は、アリオスから大義名分を奪うことだ。

俺が殺人を犯していないという無実を証明して、さらに、一連の事件の真犯人がアリオスであることも証明する。

そうすれば、ヤツは大義名分を失い、アリオスに従う者はいなくなるだろう。サーリャさまも自由に行動することができて、事件を正当に裁くことができる。

「……というわけなので、今のままだと、サーリャさまよりもアリオスの言葉が優先されてしまうかも。なので」

「魔道具を解析して、勇者アリオスの大義名分を奪う、というわけですね？」

「正解です」

「その時は、ついでに、勇者アリオスの信奉者も追放してしまいましょう。ここまで好き勝手できるのは、信奉者が多くいるからで……二度目はないようにしないといけませんね」

さすがサーリャさまだ。

すぐにこちらの考えを理解してくれて、その上で、新しい思考を展開してくれる。あの王の娘ということもあり、頭の回転がすごく早い。

もしもサーリャさまが玉座を継ぐことになれば、稀代の女王が誕生するのでは？　なんてことを想像するのだけど、今はこれからのことを考えないと。

「サーリャさま。魔道具の解析は、あとどれくらいで終わりますか？」

「それは……申しわけありません。思っていた以上に複雑な構造をしているため、どれだけ急いだとしても、あと半日……明日までかかってしまうと思います」

「今は夜だから……当日の朝か」

それから城へ向かい、証拠を示して周囲を説得して、バカなことをやめさせて……ダメだ、時間がかかりすぎる。

こちらの動きを察したアリオスが、自棄になって処刑の時間を早める可能性がある。

今日中に、というのならまだなんとかなるかもしれないが……解析が明日までかかるとなると、どんな展開になるか予想できない。

どうしたらいい？　どうしたら、みんなを助けることができる？

熱が出そうなほどに思考をフル回転させて……とある答えに辿り着いた。

「サーリャさまは、このまま解析を続けてください。終わったら、城へ行き周囲の説得を」

「え？　でも、それではカナデさん達は……」

「みんなは、俺がなんとかします」

「もしかして……」

「俺は……みんなを助けに行きます」

「そんなっ、危険です！　どう考えても罠なのに、のこのこと顔を出すなんて……」

「危険は覚悟の上です。このままだと、どうやっても間に合わない。なら、罠を承知の上で、飛び込むしかありません」

罠がしかけられていたとしても、どんなことが起きたとしても。

俺には仲間を見捨てるなんてことはできない。

一パーセントでも助けられる可能性があるのならば、それに賭けるだけだ。

俺はアリオスとは違う。

仲間を見捨てることなんてことは、絶対にしない。

なにがあろうと、絶対に大事な仲間を助けてみせる！

「レインさん、そこまでの覚悟が……わかりました。私はもうなにも言いません。ですが……こういう時、自分が女であることがもどかしいですね。どれだけの言葉を重ねても、固い決意を宿した男性に言葉を届ける術はないのですから」

「すみません……色々としていただいて、心配もしてもらっているのに」

「いえ。こういう展開にこそなりましたが、これはこれで、レインさんらしいのかもしれませんね。短い付き合いですが、レインさんのことが少しずつわかってきたような気がしました」

「はは、ありがとうございます」

不敬かもしれないが、今だけは、サーリャさまが一人の友達のように思えた。

「ただ、できる限りのことはさせてください……こちらを」

サーリャさまは自分が身につけている首飾りを外して、俺の手首に巻いた。

「こちら、ちょっとした魔道具になっていまして……今、登録者情報を切り替えて、レインさんを所有者にしておきました。魔力を込めて念じることで、発動することができます」

「魔道具……その効果は？」

サーリャさまから魔道具の説明を聞いて……思わず目を大きくする。

「かなり便利な魔道具ですね。まさか、そんなものを持っていたなんて」

「私、継承権三位とはいえ、一応、王女なので。もしかしたら、非常時に父に代わり、多くの民に声を届ける時があるかもしれません。そのための保険として、こちらを常備しているのです。これは兄さまも姉さまも、同じものを持っていますよ」

「なるほど……さすが王族」

サーリャさまに託された魔道具は、うまくいけば俺とアリオスの立場を一気に逆転することができそうだ。そんな魔道具をくれたサーリャさまに、改めて感謝する。

さあ……これからが勝負だ。

絶対にみんなを助けてみせる！

～ Another Side ～

「うにゃあああぁ……！」

カナデは、自分を閉じ込める牢を睨みつけていた。

視線に力があれば、牢がへし折れていただろう。それくらい強く睨みつけていた。

「にゃんっ！」

ガァンッ！　と牢を蹴りつけた。

「にゃっ、にゃにゃにゃ⁉」

ビリビリと足が痺れた。その痺れが尻尾にまで伝わり、毛がピーンとなる。

「はぁ……ダメかぁ」

牢に入れられて、そろそろ十日が経つだろうか？

初日に簡単な事情聴取をされただけで、後は放置。一日に三回、食事が運ばれてくるのだけど、それ以外の来客はない。

このようなところに自分を閉じ込めて、勇者はなにをしたいのだろうか？

カナデは考えた。ものすごく考えたのだけど……

「うー……とにかく出してよぉ！」

考えても答えは出ないので、悪あがきをすることにした。

牢をガシャガシャと揺さぶる。

本当にただの悪あがきで、なんの意味もない。

それでも……きっと、同じように囚われた仲間達もあがいているはずだ。おとなしくじっとしていることはないだろう、諦めているなんてことはしてないはずだ。

だから自分もがんばらないといけない。最後まで諦めることなく、抗い続ける。

そして、レインと再会するのだ。

カナデが強く決意した時……カチャと、牢に続く扉が開いた。

カナデは小首を傾げた。

食事の時間にはまだ早い。正確無比な腹時計が、まだ食事の時間ではないと告げている。

ならば、いったい誰なのか？

「やあ、ひさしぶりだね」

「にゃっ⁉　あなた……勇者！」

姿を見せたのはアリオスだった。

「よくも顔を見せることができたねっ‼」

カナデは全身の毛を逆立たせてアリオスに飛びかかろうとするが、牢に阻まれてしまう。

それでもガンガンと格子を叩(たた)いて、射るように睨みつける。

「元気そうだね？　牢に入れられてしばらく経つというのに、まだこれだけ動けるのか。しかも、魔力錠をつけた状態で。さすが猫霊族、体力だけはトップクラスだな。他の連中とは違うな」

「……どういうこと？」

他の連中と聞いて、カナデの声のトーンが落ちた。

「わかるだろう？　捕らえられているのは君だけじゃない。竜族も精霊族も神族も……あと、あのおかしな幽霊も。それと……レインも捕らえている」

アリオスはレインが脱走したことを隠し、ウソをつくが、カナデはそのウソを見抜くことはできない。レインのことが気になって気になって仕方なくて、仲間のことも気になり……アリオスを睨みつける。

「どういうこと、って詳細を聞いているの！　みんなはどうしているの⁉」

「ふんっ、やかましいな。まあ、僕は優しいからな。特別に答えてやるよ」

アリオスは鼻を鳴らして、なぶるように粘着質な笑みを浮かべる。

「竜族の女は、まだ元気にしているよ。君と同じく体力はあるからな。だが……他の連中は微妙だな。精霊族は体力がないし、神族はまだガキだ。そして幽霊は、身体能力はただの人間と同じ。最初はやかましくしていたが、今はすっかりおとなしくなったな。そのうち衰弱死するかもね」

「あ、あなたという人はっ……!!」

カナデが拳を繰り出した。

それは牢に阻まれるが……ガシャンッ!! と大きな音を立てて、牢全体を揺らした。カナデの怒りを表しているかのようで、苛烈で激烈だ。

「みんなになにかあったら、絶対に許さないいんだからっ!!」

「吠（ほ）えるなよ。なにもできないくせに」

「ううう……！」

カナデは悔しそうに唇を噛（か）んだ。

悔しいが、アリオスの言う通りだ。魔力錠をつけられている以上、どうすることもできない。

それでも、希望は捨てていない。

「レインが……レインが、絶対になんとかしてくれるんだから!!」

「やれやれ……人の話を聞いていないのかい？　レインも捕まっているんだけど？」

「それでもなんとかしてくれる！　私達を助けてくれる！　レインは……そういう人だもん！」

「……っ……」

カナデのレインに対する絶対的な信頼を見せつけられて、わずかにアリオスがたじろいだ。

なぜ、たじろいだのか？

その理由をアリオスは自覚できない。

自分達のパーティーにない絆を見せつけられて、わずかながらでもうらやましいなどと思ったなんて理由に、思い至ることはできない。

「まあいい。今日は、ちょっとしたことを教えてやろうと思ってね」

「……なに？」

「君達の処刑が決まったよ」

「えっ⁉」

「君達は国家に仇なす存在として、危険視されたため、僕が直々に手を下すことになったのさ」

「なんでそんなことになるの⁉　私達、何もしていないじゃない！　レインだって、何もしていないよ！　というか、人のためになることしかしてないのに……！」

「……レインは目障りなんだよ」

アリオスはひどく暗い表情をして、冷たい声で言う。

「たかがビーストテイマーごときが勇者である僕に逆らい、とんでもない屈辱を与えた。それだけじゃない。ヤツが僕以上に活躍して、勇者という立場を脅かすなんて……これは許されることじゃない。百回殺しても殺し足りないっ……ぜんぜん足りないんだよ‼」

「あ、あなたは……」

「でもさ……残念なことに、レインの命は一つしかないだろう？　百回殺したくても、一度殺したらそこで終わり。だから、殺す前にとことん後悔させてやるのさ。あのバカは、仲間仲間って、やたらと連呼しているからな。そんなレインの前でお前達を殺したら……はっ、ははは！　やばい、すごく楽しみになってきたよ。今から笑いが抑えられない!!」

「……この人、おかしいよ……」

　アリオスの心に隠されていたレインに対する嫉妬と憎悪を目の当たりにして、カナデは恐怖さえ覚えた。自然と体が震えてしまう。

　時に、強烈な負の感情は全てを凌駕(りょうが)する。

　恐怖に囚われてしまったカナデは、尻尾と耳を垂れ下げてしまう。

　そっと目を閉じて……

「……レイン……」

　せめてできることとして、大好きな人の無事を祈った。

◆

「こんにちは」

　涼やかな声が響いて、ニーナは目を覚ました。

固いベッドだけど、疲労が溜まっているせいか、ぐっすりと寝ていたらしい。

ニーナは体を起こそうとして……目眩(めまい)を覚えてふらついた。ふらりふらりと、そのままベッドから転げ落ちてしまう。

「ニーナ⁉」

その音でティナが起きて、大きな声をあげた。

なんとか手を貸したいけれど、鳥かごに囚われている上に、魔力を封じられている。なにもできないことをとても悔しく思い、強く奥歯を噛む。

「あら、大丈夫ですか？」

「え……？」

牢の扉が開いて、ニーナが抱き起こされた。

ニーナを抱き起こした人物は……モニカだった。

「うーん……怪我(けが)はないみたいですね。病気にかかっている感じもしない。となると、単純に体力が落ちているのでしょう。食事、ちゃんと食べていますか？」

「んなこと聞くなや！　牢屋に子供が閉じ込められればどうなるか、普通わかるやろ⁉」

ティナが怒りに吠えるが、モニカは涼しい顔をしたままだ。

「あら。それもそうですね。すみません。とはいえ、さすがにお二人を勝手に逃がすわけにはいかないので。ですが……これくらいはしてあげますね。ふふ」

「あう……？」

モニカは微笑み、ニーナの首にかけられた魔力錠に触れた。

その瞬間、カチリと鍵の外れる音がした。

「えっ？」

魔力錠は首についたまま。

しかし、鍵が外れているので、あとはつなぎ目を軽くひねるだけで取ることができる。

「これで、いつでも魔力錠を外せますよ。ただ、タイミングは考えた方がいいですよ？　すぐに逃げ出してもいいですが、ここぞという時まで秘密にしておくのもアリですね。見た目では鍵が外れているかなんてわかりませんから、不意を突くことができるかもしれません」

「どう……して？」

モニカの行動の意味がまったく理解できず、ニーナは不思議そうに問いかけた。

少し考えた後、まあいいか、という感じでモニカはぺらぺらと言葉を並べる。

「本当は、成り行きに任せるつもりでしたが……どうも、レインさんが追い詰められすぎているような気がしまして。なので、少しだけレインさんの味方をすることにしました」

「……わからんな。あんた、勇者の味方やないんか？　それで勇者が失敗したら、どうするん？」

「それでこそ私達の望みは叶いますので」

「んー？」

「話はここまでです。必要以上の会話をするつもりはありませんので。では、また……ああ、そうそう。忘れるところでした。明日、あなた達の処刑が行われることになりました」

「なんやて⁉」

「明日のことを知り、これからどうするか。それはあなた達にお任せしますが……お嬢ちゃんの力があれば、他の方を助けることができるかもしれませんね」

「わたし、の……？」

「ただ、くれぐれもタイミングは慎重に。せっかく、私がここまでしたのですから、それを台無しにするような無謀な突撃はしないでくださいね？　では……今度こそ、さようなら」

牢を閉めて鍵をかけて、それから、モニカは優雅に一礼をして立ち去った。

「味方……なの、かな？」

「あの女騎士……もしかして、勇者を監視するために派遣された、っていうヤツか？　でも、それにしては底が読めないっちゅーか、敵としか思えんなー」

これから、どうすればいいか？

判断に迷う二人は、しばらく考えた後、口を開く。

「ニーナ……どうしたらええと思う？」

「ん……みんなを、たすけたい！」

罠だろうと何があろうと構わない。

全てを蹴飛ばして、みんなを助けて……そして、レインと再会するのだ。

ニーナとティナは固い決意を瞳に宿して、その時に備えて体力を温存することにした。

◆

アリオス・オーランド。

男。二十歳。

職業……勇者。


物心ついた時には、アリオスはすでに勇者として扱われていた。

大人達はまだ子供であるアリオスに対して膝をついて、頭を下げた。さらに、貴族のような派手な暮らしが約束されていて、不自由はなに一つない。

しかし、そんな生活を維持するためにしなければいけないことがある。

強くなることだ。

剣と魔法の訓練はずっと続いた。

最初の頃は休みなんてなくて、毎日毎日ひたすら練習が続く。それは、怪我をしても病気になっても変わることはない。

どんな時でも戦えるように。絶対に死なないように。

そしてなによりも、誰よりも強くなるために。

アリオスは『力』を持つことを求められた。

過酷で辛い生活を強いられるのだけど……しかし、アリオスは己の境遇を憎むことはない。むしろ、これはこれで悪くないと考えるようになった。

厳しい訓練は大変ではあるが、男として、強くなることはうれしい。そして、強くなれば贅沢ができるため、それもまた楽しい。

それ以上に楽しいのが、誰も彼も、自分を前にしたら頭を下げることだ。

さながら王のように、アリオスに逆らう者はいない。こうしたらいいと提言する者はいたが、最終的な決定権はアリオスにあり、拒むことは自由にできた。

そのため、大人も子供も関係なく、皆等しくアリオスに頭を下げる。

たまらない快感だった。

子供である自分に、大人達は媚びへつらう。これ以上ないくらいに、あなたさまが上で私は下だと、自分の方が下であると告げてくる。

誰も彼も自分の前にひれ伏すために、全てを征服したような気分になった。

子供ながらに、そんな歪んだ考えを抱くようになった……なってしまった。

アリオスが次第に増長していくことに、周囲の大人達は気がついていた。

アリオスが周囲をどういう目で見ているか。そして、どんな感情を抱いているか。

知りながらも、大人達は咎めることをしなかった。注意すらしない。

アリオスは勇者なのだから、好きにさせるべきだ。強くなることができるのなら、増長するくらいは小さな問題で、気にしないでいい。

そんなことを本気で考えていたのだ。

そうして、アリオスは歪んだまま成長して……自分は選ばれた存在であると思うように。

勇者という特別な存在で、平民などとは違う。肩書だけの貴族とも違う。

唯一無二の存在であり、至高の存在なのだ。

よって、なにをしてもいい。なにをしても許される。なぜならば、勇者なのだから。この世界の全てを思うようにしても構わない。

そんなことを本気で考えるようになっていた。


成人した後、アリオスは勇者としての活動を本格的に始めた。アッガス、リーン、ミナという仲間と共に、魔王討伐の旅に出た。

アリオスは初めて仲間という対等な立場の存在を得た。

彼、彼女らは、基本的にアリオスの行動に異を唱えることはしないが、時折、口を挟む。

それはたまらなく不愉快なことであり、アリオスは鬱陶しいとさえ思った。

なぜ勇者である自分が凡人の言葉を聞かなければいけないのか？　仲間であろうとなんだろうと、周囲の大人達のようにひれ伏し、ただただ自分の言うことを聞いていればいい。

最初のうちは勇者として活動するには必要なことだと、仲間の存在を渋々ながらも受け入れた。口を挟まれるようなことがあっても、寛大な心で聞いてやった。

しかし、物事には限度というものがある。

彼、彼女らは、事ある毎にアリオスの行動に注文をつけるようになった。こうした方がいい、ああした方がいい……時に、主導権を握られてしまうこともあった。

仲間の言葉が多いということは、それだけ問題あるという証拠なのだけど、アリオスはそのことを自覚せず、仲間のことを煩わしく思うようになっていた。

とはいえ、彼、彼女らを追放することはできない。

自分は勇者ではあるが、まだ未完成なので、一人でできることは限られている。そのためには、まだしばらくは仲間が必要だ。

ならば、どうすればいいか？

アリオスは一つの答えを導き出した。

仲間のせいでイライラする、腹が立つ。

ならば、ストレスを解消できる要素を作り出せばいい。

そんなことを考えたアリオスは……レインを仲間に加えた。

ビーストテイマーなんてものになにも期待はしていない。雑用係としてさえ期待していない。

アリオスがレインに求めるものは、ただ一つ……自分のストレスをぶつけるための的になってもらうことだ。

それからは、アリオスはレインをコキ使い、ストレス発散のために罵倒して、自分のおもちゃのように好き勝手にした。

思っていた以上に楽しく、順調にストレスを発散することができた。

幼少期から歪んでいたアリオスではあるが、ここにきて、『他者をなじる』という行為に愉悦を覚えるようになった。破滅的に性格がねじれてしまい、引き返せない地点を超えてしまう。

そんなある日のことだ。

アリオスはレインに飽きるようになった。

どんなにひどい言葉をぶつけても、訓練と称していじめ抜いたとしても、レインは常にまっすぐ前を向いていて、その心が折れることがない。

つまらない、と思った。

子供の頃に味わった、お気に入りのおもちゃを壊した時に得られる倒錯的な快感。それを人間で味わってみたかったというのに、レインはまったくへこたれないし、折れることがない。

もう飽きた。

アリオスは適当な理由をつけて、レインをパーティーから追放した。

おもちゃなら、また適当な者を捕まえればいい。勇者パーティーに入りたいという者は山程いるから、選び放題だ。今度は、よりいじめがいのある者を選ぼう。

そんなことを考えていたのだけど、予想外のことが起きた。

追放したレインと、ふとしたことから激突することになったのだ。

自分は勇者であり、人類で最強の存在、ビーストテイマーごときに負けるわけがない。

アリオスはそう確信していたのだけど……結果は惨敗だ。最強種と契約したレインは常識外の力を持つようになり、手も足も出なかった。

その敗北が、アリオスの心を決定的に歪めてしまう。

なぜ、レインは倒れない？

なぜ、レインはひざまずかない？

なぜ、レインは牙を剝く？

なぜなぜなぜなぜなぜなぜ!!

勇者としてもてはやされてきたアリオスが、初めて……生まれてきて初めて、そのプライドを深く深く傷つけられた。

その根は思っていた以上に深く、アリオスの心をズタズタに切り裂いていく。

アリオスはおかしくなりそうなほどに迷い、悩み、考えて……ほどなくして、それはレインに対する激しい怒りに変わる。憎悪といってもいい。

それは、逆恨み以外のなにものでもない。ただ単にプライドを傷つけられたという、つまらない理由なのだけど……アリオスは、レインを殺すと決めた。

そうすることが正しいことだと、死を与えることが正当な罰なのだと、思い込んだ。

その結果は……

5章　運命の日

翌日……俺はサーリャさまと別れて、色々な準備をした。

それから王都を出て、再び『大地の楔（くさび）』へ向かう。

「さすがに、警備が厳しいな」

遺跡まで五百メートルほどの距離に近づいたところで足を止めて、岩の陰に身を潜めた。

顔だけ出して、様子を確認する。

遺跡をぐるりと囲むように、二人一組で騎士が配備されていた。

その間隔は、だいたい百メートルほどだろうか？

辺りに大きな遮蔽物はなくて、視界は良好だ。互いを目視できる距離なので、なにかあればすぐにわかる。

奇襲をかけても気づかれてしまうし、監視の目をかいくぐることも難しいだろう。

「地上の警備は万全というわけか」

ならば、地下はどうだろうか？

試験の時に探索して思ったのだけど、この遺跡はかなり広い。アリの巣のように至る場所に通路が伸びていて、あちらこちらに隠された入り口があるようだ。

その入り口をうまく探し当てることができれば？

「よしっ……ほら、こっちに来てくれないか？」

近くを歩くトカゲ……ホソアシヒゲトカゲと仮契約を交わす。地面に穴を掘り、そこを巣にして暮らすという生態を持つ、特殊なトカゲだ。

「よーし、いい子だ。手間をかけて悪いが、俺のお願いを聞いてくれ」

トカゲは小さく鳴いて、仲間を集めた。ぞろぞろとトカゲが集まる。

幸いというか、俺が仮契約したトカゲはリーダー格だったらしく、他のトカゲは何もしなくても望み通りに動いてくれた。あちらこちらに散らばり、穴を掘り始める。

ある程度掘ったところで地上へ戻り……そしてまた、別の場所を掘る。

そんな地味な作業を繰り返すことしばらく、一匹のホソアシヒゲトカゲが鳴いて、リーダー格のヤツに合図を送る。

「うまく見つけてくれたみたいだな。ありがとう」

報酬の干し肉を与えた後、仮契約を解除。それから、トカゲが鳴いたポイントに移動した。

ホソアシヒゲトカゲは地面に穴を掘り、そこを巣にするが、わりと深いところまで掘り進む。その深さは、おおよそ五メートルというところか。

天敵から身を守るために、巣作りは念には念を入れるようになったらしい。

そんなホソアシヒゲトカゲは、とあるポイントでは浅い穴しか掘らず、すぐに引き返していた。

それこそが俺が探していたところだ。

「この下に……あった！」

ホソアシヒゲトカゲが掘った穴を広げていくと、ほどなくして壁にぶつかる。これは、あちらこちらに伸びている通路の天井だろう。

コイツを探すために、たくさん穴を掘ってもらっていたというわけだ。

「ふっ……！　コイツ、このっ……なかなか固いな！」

なるべく音を立てないように注意しつつ、天井を蹴る。

しかし、なかなか突破することができない。砦に使われていたらしいから、さすがに頑丈だ。

ただ、全力で何度も蹴りつけると、やがてヒビが入り……ほどなくして穴が開いた。

「……」

穴が開いた際に音がしてしまい、その場で待機。じっとしつつ、様子を見る。

もしも遺跡内も隅々まで監視されていたら、今の音で誰かがやってくるかもしれないが……

しばらく待っても足音は聞こえてこないし、人の気配もしない。

「……大丈夫みたいだな」

俺は天井に開いた穴から遺跡内に侵入した。

「物質創造。ファイアーボール」

簡易的な松明を作り、威力を最小限に絞った魔法で火を点ける。

幸いというか、試験で通った場所だった。

ここからなら、遺跡の中心に出ることが可能だ。

「カナデ、タニア、ソラ、ルナ、ニーナ、ティナ……待っていてくれよ、今助けに行くからな！」

さすがに、遺跡の内部を空にしているということはなかった。末端はともかく、中央へ向かうにつれて騎士の姿がちらほらと見えてきた。

遺跡全体に騎士を配置していないのは、人が足りないのか？　あるいは、アリオスの力では、全ての騎士を動員することができなかったのか？

どちらにしても、遺跡内に配備されている騎士は少数だ。これならば隠密行動は可能で、テイムしたネズミに案内係になってもらい、見つかることなく奥へ進んでいく。

ほどなくして、地上へ繋がる道を発見した。

試験の時に使用した道ではないが、調べてみたところ、こちらからも遺跡の中央に出ることが可能と判明した。実に運が良い。

騎士達を警戒しつつ、そっと地上の様子を窺う。

遺跡中央の広場に、大型のテントがいくつか並んでいた。おそらく、騎士の待機所なのだろう。

アリオス達もテントにいるのだろうか？

さらに視線を動かすと、複数の騎士が表に立つテントが五つ見えた。警備というよりは監視という感じで、物々しい雰囲気を出している。

「あそこだな」

みんなが囚われているのは、あのテントだろう。

一つ、数が足りない気がするが……たぶん、ティナは誰かと一緒なのだろう。彼女は最強種ではないし、体がコンパクトだから、他の誰かとまとめられたのだと思う。

「まいったな……どうする？」

みんなが一箇所に集められていたら、助けるのは比較的楽になっていたのだけど、バラバラになっていると難しい。

一人を助けたとしても、残りが人質にとられてしまうかもしれない。

それを考えての配置なのだろうか？

「一度にみんなを助けることは難しい、一人一人も難しい。でも、諦めるなんて選択肢は絶対にない。もう少し様子を見て、チャンスを窺い……いざという時は、強硬手段でいくか」

みんな……もう少しだけ待っていてほしい。

絶対に助けてみせる！

～ Another Side ～

アリオスは遺跡に赴いて、直接、現場の指揮をとっていた。

カナデ達の搬送は済んでいて、処刑の準備も整った。合図を出せば五分で執行できる。

後は、レインが現れるのを待つだけだ。

テントの中へ戻り、ひとまず休憩する。

「ふっ、ははは！　レイン、今度こそお前を……」

レインを追い詰めた時のことを想像して、アリオスは笑いを堪えることができない。その笑みはドス黒く、果てしない悪意が凝縮されていた。

「アリオスさま」

「あぁ、モニカか。どうかしたのかい？」

心なしか、アリオスのモニカに対する口調は柔らかい。

色々とサポートしてもらったため、ある程度、彼女に心を許しているのだろう。

「獲物が網にかかりました」

「なんだって？　騎士達からは、そんな報告は受けていないが……確かなのか？」

「はい。遺跡の一部に穴が空いていました。先日まではなかったものです。レインさんはそこから侵入して、すでに私達の懐に潜り込んでいると思います」

「ちっ、役立たず共め」

レインを見つけられない騎士達に苛立ち、アリオスは舌打ちをした。

しかし、それは仕方のないことだ。

様々な動物と契約して、その力を借りることができるレインの隠密性はかなりのもの。特別な訓練を受けていない、普通の騎士では見つけることは難しいだろう。

「居場所がわからないというのは厄介だな……」

「ですが、最強種達は私達の手の内にあります。やり方は、色々とあると思いますが」

「ふむ……そうだね、モニカの言う通りだ。僕が主導権を握ることができる。なら……今すぐに刑を執行しようか。騎士達にそう伝えて、準備をさせろ」

「今すぐに、ですか？」

「ネズミの場所がわからないなら、餌をぶら下げればいい。レインにとっての餌は、あの女達……最強種達だ」

アリオスは帯剣して、装備を整えていく。

「しかし、向こうも罠だと気づいているでしょう。それなのに、姿を見せるでしょうか？」

「レインはバカだからな。仲間のため、とかくだらないことを抜かして、すぐに飛び出してくるさ」

「わかりました。では、そのように手配いたします」

「頼んだよ」

「はい、お任せください。全ては、アリオスさまのために」

モニカは、にっこりと笑い、強く頷いてみせた。

その笑みは……アリオスと同じように、隠しきれない悪意がにじみでていた。

◆

しばらくしたところで、にわかに現場が慌ただしくなった。騎士達があちらこちらを行き交い、なにかしらの準備を進めているようだ。

嫌な予感がした。

それでも、状況もわからない中で飛び込むことはできない。

もう少し様子を見ていると……

「うにゃーっ！　離してよっ、離してってば！」

両手を拘束されたカナデが、騎士に連れられてテントから出てきた。なんとか逃れようとしているが、首に魔力錠がつけられているせいで、まったく力が出ないみたいだ。

二人の騎士に押さえつけられて、どうすることもできないでいる。

「あんたらの顔、全員、覚えわたよ。後で、しっかりとお礼をしてやるわ！」

タニアもテントから連れられてきた。

カナデと同じように、魔力錠で自由を奪われている。

ただ、力を封印されていても、その迫力は変わらない。鋭い視線をぶつけていて、その覇気に圧倒されて、騎士達は若干腰が引けていた。

「今度はなんなのだ？　こんなところに我らを連れてきて、どうするというのだ？」

「ソラ達は、あなた達なんかに絶対に屈しません」

ソラとルナも見えた。

二人の体には魔力錠は大きく見えて、痛々しい感じがする。

二人にあんなことをするなんて……見ているだけで怒りが湧いてくる。

「あっ……みんな。よかった……無事、だった」

「せやな。あんまええ状況とは言えんけど、それでもよかったわ」

最後に、ニーナと鳥かごに入れられたティナが姿を見せた。

ニーナも首に魔力錠をつけられていて、辛そうだ。鳥かごが魔力錠と同じ役割を果たしているらしく、ティナも窮屈そうにしていた。

「みんな……」

約十日ぶりにみんなの姿を見ることができて、体中の力が抜けそうになる。

みんなはとても疲れているだろうし、辛い思いをしたのだろう。

それでも、生きていてくれた。

良かった……本当に良かった。

安堵の吐息をこぼして……

「よし」

気を引き締めた。

まだ、みんなを助けられたわけじゃない、ここからが勝負だ。

この先の道は……絶対に間違えない！

「さあ、こっちへ来い」

一人の騎士が先導して、みんなを遺跡中央の広場へ連れて行く。

いつの間に建てたのか、そこには四本の柱があった。十メートルほどの間隔を置いて、四角形を描くように配置されている。それぞれに角度がついていて、中央に柱の先端が向いている。

直径は五十センチメートルほど……高さは五メートル、というところか？

その中央に鉄の柱が見えた。

騎士は鎖を使い、みんなを鉄の柱と繋いでしまう。使われている鎖は一人につき五本で、がんじがらめにされてしまう。

四本の柱は、おそらくは魔道具なのだろうが、その効果が想像できない。ろくでもないものに間違いはないだろうが……どうする？　もう少し、様子を見た方がいいか？

それとも、これ以上の時間は与えず、突撃した方がいいか？

準備はできているため、いつでも問題はないが、タイミングは重要だ。

みんなが囚われているところまで、おおよそ百メートル。ブーストを使い全力疾走したとしても、数秒はかかる。

その間に剣が振り下ろされでもしたら終わりだ。

やるなら、みんなから騎士が離れた後だ。

ひどくもどかしいが、それまでは我慢だ。

ぐっと自制心を働かせて、さらに様子を見る。

すると、ようやく騎士がみんなから離れて、四本の柱の外に出た。

今だ！

我慢に我慢を重ねた俺は、その想(おも)いを解き放つかのように、一気に駆け出そうとして……

「準備はできたみたいだね」

その時、俺の行動を阻害するかのように、澄ました男の声が響いた。

アリオスだ。

拘束されて動けないみんなを見て、満足そうな笑みを浮かべている。

それから、おもむろに周囲を見回して……

「聞こえているか、レイン⁉」

……俺に呼びかけてきた。

「意外と抜け目のないキミのことだ。すでに近くに潜り込んでいるのだろう？」

適当なことを言っているわけではなくて、なにやら確信めいた口調だ。方法は不明だけど、俺が遺跡に潜入していることを、すでに突き止めているのだろう。

そんなことはないと油断していたらやりやすかったのだけど、さすがに、そんなに甘くはないらしい。

ただ、こうして呼びかけているということは、居場所は突き止めていないのだろう。

「レイン、これ以上罪を重ねるな。かつてパーティーを組んでいた者として、キミが堕ちていくところを見るのは忍びない。素直に投降して、王女を解放しろ。そうすればキミの命は保証するし、キミの仲間に危害を加えることもしない」

仲間のことを持ち出されて、一瞬、気持ちが揺らいでしまう。

俺の身を差し出すことで、みんなの安全が守られるのなら……いや、まてまて。

アリオスが約束を守るなんて思えない。素直に出ていけば、そこで全てが終わりだ。

「やれやれ……悲しいね。僕のことを無視するのか」

アリオスは芝居がかった口調で嘆いてみせた。

その様子からは余裕が感じられて、なにかを企んでいることが窺える。

しかし、なにを企んでいる？　次は、どのような卑怯な手を使う？

「我が身かわいさに、仲間を見捨てるつもりかい？　自分の罪を、あくまでも認めないつもりかい？　ならば……キミの仲間に代わりに償ってもらおうか」

アリオスはニヤリと笑いつつ、騎士を見る。

「やれ」

アリオスの命令を受けた騎士は、四本の柱に近づいた。そのうちの一本に触れて、魔力を注ぎ込む。

柱が魔力に反応して、淡い光を放つ。

その光はどんどん強くなり、やがて、バチリ！　と放電を始めた。

あれはマズイ！

このままではみんなが危ないと、頭の中で警報が鳴り響いた。

これ以上、様子を見ていることはできない。

アリオスは罠を張り巡らせているだろうし、その結果、この身がどうにかなってしまうかもしれない。でも、それは些細なことだ。

俺よりも、みんなの方が何倍も大事だ！

「ブースト！」

身体能力強化魔法を自分にかけて、俺は一気に飛び出した。

「むっ？」

「貴様！」

物陰から飛び出すと、すぐに数人の騎士が俺に気がついた。

騎士達はそれぞれ抜剣して、俺を捕らえようと突撃してきた。

こんな連中に構っているヒマはない。

「どけっ！　ファイアーボール・マルチショット！」

複数の火球を同時に放ち、迫りくる騎士達の足元に着弾させた。爆炎が立ち上がり、騎士達はそれに飲み込まれる。

一見すると派手だけど、威力は絞っているから大した怪我はしていないだろう。

騎士達は炎に怯え、こちらの思惑通りに足を止めた。

その隙に、連中の横を一気に駆け抜ける。

「みんなっ‼」

放電を始めた柱は青く輝いて、それぞれの柱を起点にして、光の壁が作られる。ちょうど、四角錐の形となり、その中にみんなが閉じ込められる形となった。

四本の柱から生まれた雷撃が四角錐の頂点に収束されていく。

嫌な予感しかしない。

俺は、さらに走る速度を上げるが……

「やあ、レイン」

「くっ⁉」

ここは通さないとばかりに、アリオスが立ちはだかり、いきなり斬りかかってきた。

騎士達とは違い、その剣筋は鋭く、気を抜けば直撃してしまいそうなほどに速い。

以前、戦った時とは大違いで、あれからさらに成長しているようだ。

アリオスを無視することはできず、カムイを抜いて交戦を開始する。

「どけっ、アリオス！」

「ははは、なにをそんなに焦っているんだい？　そんなにあの連中が大事なのかな？」

「当たり前だ！」

「くっ、くははは！　あはははっ‼　そうだ、その顔だ。その顔が見たかったんだよ。僕を散々コケにして、バカにして……その報い、受けてもらおうか！」

「お前のくだらない妄執に付き合っていられるか！　いいから、そこをどけ！」

「イヤだね。それよりも、楽しいショーの始まりだ。ほら、レインも観覧するといい」

「なに？」

とても楽しそうに、邪悪な笑みを浮かべつつ、アリオスはパチンと指を鳴らした。

その動きと連動しているらしく、四本の柱が極限まで発光した。間近に太陽が出現したかのようで、思わず足を止めてしまう。

その直後……四角錐の頂点から紫電が迸り、鉄柱に繋がれているみんなに向けて降り注ぐ。

「こ、のぉおおおおっ‼」

全力を振り絞るという感じで、タニアは魔力錠の抑圧をわずかに打ち破り、翼を展開することに成功した。

翼を大きく広げて盾にすることで、みんなを守る。

しかし、その結果、タニア一人が雷撃を全て受けることになり……荒れ狂う紫電が翼を食い破り、彼女の白い肌を無残に傷つけていく。

「うっ……くぅ」

雷撃が収まると、ボロボロになったタニアが見えた。立っていることができないほどのダメージを受けたらしく、ふらふらとよろめいて、地面に膝をついてしまう。

みんなは拘束されて不自由な中、慌ててタニアに駆け寄る。

「タニア！　大丈夫っ⁉　ねえっ、大丈夫なのっ⁉」

「う、うるさいわよ、そんなに騒がないの……はぁ、はぁ。あたしは、竜族なんだから。カナデみたいな猫霊族とは違うの……これくらい、なんてことないんだから……あうっ」

「無理をしないでください！　今のソラ達は、魔力錠のせいで能力が低下しているんですよ⁉」

「そうなのだ！　あんな攻撃を受けて、無傷でいるなんて無理なのだ！」

「わたし、達を……かばうなんて、無茶だよ……」

「平気ったら……平気、なんだからっ……！」

タニアはふらつく足に必死に力を入れて、立ち上がる。

そして、自分達を捕らえる透明な壁越しにこちらを見た。

「レインっ、あたしらは大丈夫だから……だから、その勇者をやっつけちゃいなさい！」

「タニア……くっ！」

湧き上がる怒りを糧に、体のギアを数段引き上げた。

全力でカムイを振るい、アリオスと切り結ぶ。

「ははは っ、元気になったじゃないか」

「黙れ！」

「でも、前よりも動きが雑になっているぞ？　よほど、あいつらが気になるみたいだな」

「黙れと言った‼」

「こうしたらどうなると思う？」

「やめ……」

アリオスは、再び指を鳴らした。

バチバチバチィ！　と雷撃が再び降り注いでしまう。

「うにゃあああああっ‼」

自由に動けない中、カナデは無理矢理体を動かして、降り注ぐ雷撃を蹴り上げた。

いくら猫霊族でも、魔法を無効化することはできない。ましてや、今は能力を制限されている。

「あうううううぅっ⁉」

雷撃がカナデの体を貫いた。

剣で斬りつけられているような痛みを覚えているだろう。カナデの顔が歪み、悲鳴がこぼれた。

みんなをかばっての行動だろうけど、無茶すぎる。

「カナデっ！　あんた、なんて無茶をするのよ!?」

「あう……た、タニアに言われたくないよ」

「あたしはいいの！　力を抑えられてたとしても、竜族だから、それなりに魔法に対する耐性があるんだから。でも、猫霊族のあんたは……！」

「うにゃあ……すごく痛いね」

「なら、どうして……!?」

「タニアにばかり、痛い思いをさせられないよ」

「……カナデ……」

「私達は仲間なんだから……んっ……どんな時も一緒だよ」

「くう……！」

ボロボロになりながらも奮起するカナデにあてられたのか、タニアが錠を破ろうともがいた。

しかし、その体と魔力を抑えつける錠から逃れることはできない。

そんな彼女達を見て、アリオスは大げさに笑ってみせる。

「すばらしい友情だ、感動してしまうよ。でも、あと何発耐えられるかな？」

「アリオス、お前っていうヤツは!!」

「ははは、また動きが雑になっているぞ、レイン。そんな動きで僕を倒せるとでも？」

みんなを痛めつけているのはアリオスの作戦だ。俺を激高させて、冷静な判断力を失わせる……というものだろう。

そのことはわかっている。

わかっているのだけど……

「くそっ!!」

頭に血が上るのを止められない。

大事な仲間が傷つけられて、ひどい目に遭わされて……冷静でいることなんてできない！

「重力操作！　物質創造！」

早く……早くアリオスを倒さないと！

そのために、俺の持てる能力を全て使う。

アリオスにかかる重力を倍増させて、さらに土の壁の中に閉じ込めて、動きを封じる。

この状態で魔法を叩き込めば……

「今のキミは、とことん頭に血が上っているみたいだな？　そんなにあの連中が大事なのか？」

「当たり前だ！　お前はここで寝てろっ、もうふざけた真似はさせない！」

「やれやれ……レイン。だからキミはダメなんだよ」

「っ!?」

瞬間、真横から殺気がぶつけられた。

反射的にカムイを盾のように構えた。

直後、馬車と激突したような衝撃が走り、耐えることができず吹き飛ばされてしまう。

「イグニートランス！」

「ホーリーアロー！」

赤と白の双撃が飛んできた。

体勢を崩しているせいで、避けることも防ぐこともできない。

「ぐあっ⁉」

二つの魔法が直撃して、全身に激痛が走る。

「キミは、仲間仲間と何度も口にしているが、僕にも仲間がいるのさ。そのことを忘れたのかい？」

アッガス、リーン、ミナの三人がアリオスの後ろに控えていた。

くそ、三人の存在を忘れるなんて……いつもならそんなミスはしないのに。

俺が倒れたことで能力も解除されて、アリオスは土の壁から抜け出していた。

「ははは、無様だなレイン。キミはそうやって地面に這いつくばっているのが似合っているよ」

「アリオス、貴様……！」

「たまらないな、キミのその顔は。まだまだ時間はある。さあ、もっと僕を楽しませてみせろ」

アリオスが手を上げて周囲に合図を送ると、騎士達が一斉に突撃してきた。

「くっ……⁉」

痛みが残る体を無理矢理動かして、騎士達の攻撃を捌(さば)く。

剣をカムイで受け止めて、あるいは避けて……カウンターを叩き込み、戦闘力を奪う。

アリオスの命令に従っているだけで、騎士が悪いわけじゃない。そう考えると、殺すことなんてできず、必然的に手加減してしまう。

そんな俺を見て、アリオスが嘲笑(あざわら)う。

「おいおい。こんな状況で、相手の心配をしているのかい？　ホント……ムカつくヤツだよ、お前は。その偽善者っぷりを見ているとヘドが出る。おいっ、徹底的にそいつを追い詰めろ！」

アリオスとしては、俺が騎士を手にかけるところが見たいのだろう。

そうすれば本格的に反逆罪が適用されるし……なによりも、そうすることが楽しいのだろう。

でも、そんな期待には応えてやらない。

仲間を助けるためとはいえ、罪のない命を奪えば、みんなの隣に立つ資格を失ってしまう。身を挺して自分を犠牲にして、仲間を守ろうとするカナデやタニアに顔向けができない。

だから、アリオスが期待するようなことは絶対にしてやらない。

しかし、このままだとジリ貧だ。

いずれ追い詰められて、決定的な一撃を食らい……そこで終わり。

そうなる前に、どうにかしてアリオスを倒すか、あるいは、みんなを助けないといけないが、その隙が見つからない。方法も思い浮かばない。

くそっ、どうすればいいいんだ⁉

～ Nina Side ～

みんな、傷ついていた。

カナデもタニアも……そして、レインも。

悪い勇者のせいで、ひどい目に遭っていた。

なんでこんなことをするの？　なんで笑うことができるの？

わたしたち、なにもしていないのに……

「……うー……」

以前、わたしは人間に捕まっていたけど、その時は怯えてばかりで、泣いてばかり。

なにもできなかった。なにもしなかった。

でも、今は違う。

ひどいことをする勇者に、強い怒りを覚えていた。

頭に血が上る、心が熱くなる。

ゆるせない。

ゆるせない。

ゆるせない。

わたしは……本当の本当に怒っていた。

「でも……」

わたしになにができるだろう？

首の魔力錠は、取ろうと思えば取れる。

力を使うことはできるけど……でも、わたしは大した力を持たない。ちょっとだけ、空間に穴を開けるだけ。それ以外のことはできない。

悪い勇者をやっつけるような力はない。

なら、みんなを助けることは？

それも難しい。

結界に囲まれて、さらに鉄柱に繋がれている。

亜空間を操作する能力を使えば、なんとかなると思うけど……でも、今のわたしの力だと、一回につき一人が限界。

誰か一人を助けても、その間に、残された他のみんながひどいめに遭う。

下手をしたら、勝手なことをしたわたしに怒って、勇者がみんなを……

やだ……！

やだやだやだ、そんなのイヤ!!

わたし、笑えるようになったの。それは、みんなのおかげ。

それなのに、みんながいなくなったら……もう、二度と笑えないと思う。

「あぅ……」

どうしよう？

どうしよう？

どうしよう？

必死になって考えるけど、どうすればいいかわからなくて、なにも思い浮かばなくて、自分の不甲斐なさに涙が出てきてしまう。

「ニーナ、大丈夫やで」

鳥かごの中のティナが、隙間から手を伸ばして、ぽんぽんとわたしの頭を撫でた。

「……ティナ……」

「うちがニーナのこと、守るからな」

「で、でも……わたし」

「安心してええよ。ニーナだけやなくて、もちろん、みんなのことも守るからな」

「あう……」

「ニーナの大事なもんは、二度と奪わせないで」

こんな時なのに、ティナはわたしを励ましてくれる。

なにもできない、役に立てないわたしに優しくしてくれる。

でも、それはティナだけじゃなくて……

「にゃー、ニーナは心配しなくていいからね……あうっ⁉」

「これくらい……くっ……すぐになんとかしてみせるから！」

カナデとタニアが笑う。

きっと、すごく痛くて辛いはずなのに、わたしに心配をかけないために笑っている。

「ニーナ、気をしっかり持つのですよ。こういう時は、心が折れた方が負けです」

「心……が」

「我らは最強種。このようなつまらない罠にやられてしまうような存在ではないのだ！　すぐに華麗な逆転劇を見せてやるぞ。諦めないことが大事なのだ！」

「諦めない……」

みんなの優しさと勇気が、ソラとルナの想いと言葉が、わたしの心に刺激を与える。

心が折れたら負け、諦めたらそこで終わり。

だから、みんなは諦めていない。心が折れていない。

こんな状況に陥っても……痛い思いをしても辛い思いをしても、ぜんぜん諦めていない。

それは、レインも同じだ。今も必死に戦っている。

わたしは？

諦めようとしていた。

なにもできない、力がない……そんな言い訳をして、諦めようとしていた。

「……わたし……」

みんなと出会って、笑うことができるようになって……

神族としての色々な力を使えるようになって……

それで、強くなったと思っていた。

なったと……勘違いしていた。

「わたしは……まだ……」

本当は強くなってなんかいない。

弱いままで、人間にいじめられていた時となにも変わっていない。

だって、簡単に諦めていたから。心が折れていたから。

「でも……」

まだ終わっていない。

やり直すことができる、立ち上がることができる。

わたしは……まだ！

「ニーナ……？　どうしたんや？」

ティナがわたしの内の変化に気づいたらしく、不思議そうな顔をした。

そんなティナに、わたしはにっこりと笑う。

「大丈夫……だよ」

「え？」

「わたし、みんなに助けてもらってばかりだから……今度は、わたしがみんなを……助けるよ」

わたしは、首の魔力錠に手を伸ばした。

「ニーナ、それは……で、でも、このタイミングでどうするんや？　ニーナの力じゃあ……」

「わかって、いるよ」

今のわたしの力でみんなを助けることはできない。

なら、どうすればいいか？

答えは簡単。

強くなればいい。

弱いわたしを捨てて、強い心を持つ。決して折れない想いを手に入れる。

みんなみたいになればいい、たったそれだけのこと。

「大丈夫、だよ……わたし、強くなるから」

「ニーナ……？」

「みんなの隣に、レインの隣に……胸を張って、並んで……立つことができるように。強く……みんなを助けられるくらい強くなるの！」

すぅう……と大きく息を吸う。

それから、ゆっくりと吐いた。

それを何度か繰り返して落ち着くことで、波一つない水面のように心が澄んでいく。

大丈夫……わたしならできる。

弱いわたしとさようならするの。強いわたしになるの。

だから、わたしは……!!

「いくよ!!」

わたしは手に力を入れて、魔力錠を外した。

それは、繭の中で眠っていた蝶が羽化するようなもので……

「っ!!」

わたしの体は光に包まれた。

6章　大逆転

「な、なんだっ……⁉」

突然、みんなを捕らえている四本の柱の結界が光を放つ。

いや……結界の中にあるなにかが光っているらしく、目を開けていられないほどに眩しい。

アリオスにとっても想定外のことらしく、驚きに目を見開いていた。

「くっ、みんな……！」

いったい、なにが起きているんだ？　みんなは大丈夫なのか？

みんなの無事を確かめたいものの、なにも見えず、様子を見ることしかできない。

ほどなくして光が弱まり、白い世界が色づいてきた。

なにがおきたのか慌てて確認をすると……

「……ん！」

結界の中に、見知らぬ女性がいた。

宝石のように輝いている金色の髪から、ぴょこんと狐耳が飛び出している。

ニーナ……なのだろうか？

しかし、その体は大きく、少女から大人のものに育っていた。

見た目の年齢は、カナデやタニアと変わらない……いや。もしかしたら、二人より上かもしれない。だいたい、ティナと同じくらいだろうか？

大人だけが持つ、独特の雰囲気をまとっている。

ニーナであることを示すように、服装はそのまま。ただ、三本だった尻尾は九本に増えていた。

「「「え⁉」」」

俺を含めて、みんなが驚いた。

あの小さいニーナが、大人に変身した⁉

突然の展開に驚いて、今の状況を忘れてしまい、唖然とする。

アリオスでさえ、驚いて動きを止めていた。

そんな中、最初に動いたのはニーナだった。

「んー……んっ！」

宙を薙ぐようにして手を振るうと、亜空間に繋がる扉が開いた。

その数は、全部で六つ。

ニーナは亜空間を操作して、みんなと一緒に空間を跳ぶ。

「なっ⁉　馬鹿な、どうして力が使える⁉　それに、あのガキの変貌はいったい……⁉」

驚くアリオスをよそに、俺の背後に亜空間の扉が繋がる。

カナデ、タニア、ソラ、ルナ、ティナ……そして、ニーナ。大事な仲間達が姿を見せる。

みんな、突然のことに頭が追いついていない様子で、目を白黒させていた。

「ん……みんな、よかった。ちょっと、待っていて……ね？」

「にゃ、にゃん……？　ニーナ……なんだよね？」

「うん、わたし……だよ」

ニーナはにこりと笑い……そして、凜とした表情を作る。

「ん――――、んぅううう――――……んうっ！」

ニーアは亜空間に手を入れて、ゴソゴソとなにかを探り、そして引き抜いた。その手には、魔力錠のものと思われる鍵が握られていた。

それを見て、鍵を持っていたと思われる騎士は、慌てて自分の懐を探る。

「はい。鍵……だよ」

「あ、ありがとう……」

カナデは、ぽかーんとしつつも、鍵を受け取り魔力錠を外した。

タニア、ソラ、ルナ、ティナも鍵を外して自由になる。

「ニーナ、その姿はいったい……？　それに、その力は……」

ニーナの力では、複数人の同時転移は不可能だったはず。

それに、こんなに広く、たくさんの人がいる中から、魔力錠の鍵をピンポイントで……しかも短時間で探り当てることも……それもまた、不可能だったはずだ。

それなのに、どうして？

「ん……よく、わからないの。ただ、みんなを助けたくて……力が、ほしいな、って思って……強く願ったら、こうなっていたの」

「ふむ……もしかして、ニーナは『覚醒』の域に至ったのかもしれないのだ」

カナデとタニアを魔法で治療しながら、ルナが言う。

「覚醒……？　それは、どういうものなんだ？」

「我ら最強種の間で、稀に見られる現象なのだ。色々な過程をすっ飛ばして、進化することができる。成熟した時と同様の力を得ることができる。そういう『力』なのだ」

「それは初耳だな……俺も知らなかった」

「眉唾ものの伝説の話だから、仕方ないのだ。我も詳しくは知らないのだ。それにしても、まさか、ニーナが本当に覚醒してしまうなんて……おわっ⁉」

俺に抱きしめられて、ルナがひっくり返った声をあげた。

ルナだけじゃない。カナデ、タニア、ソラ、ニーナ、ティナ……みんなをまとめて抱きしめる。

「でも……よかった。本当によかった」

「にゃー……レイン」

「こうして、みんなが無事でいてくれて……また会うことができて、本当によかった……！」

「もう……レインは泣き虫ね。男は簡単に涙を流さないものよ？」

「タニアよ、それは仕方ないのだ。だって……我らもすごくうれしいのだ。ホント、泣いてしまうくらいうれしいのだ……ぐすっ」

「どうやら、ルナも泣き虫みたいですね。それはそうと……心配をかけてしまい、すみませんでした。でもソラは、またレインと会えると信じていましたよ」

ソラが言うように、俺も信じていた。

諦めるなんてことは考えたこともなくて、絶対に助けると誓っていた。

それでも、時折、恐怖に心が飲まれてしまいそうになった。

もしもの可能性を考えて、どうしようもなく体と心が震えてしまうことがあった。

だから、今……みんなと無事に再会することができて、本当に、本当にうれしい。

「レインの旦那。もう大丈夫やで。よしよし……一人でがんばったんやな。辛かったんやな。でも、もう平気やからな、大丈夫やでー。大丈夫や……よしよし、よしよし」

ティナが頭を撫でてくれた。

すごく安らぐことができて、震えていた心が温められていく。

しばらくの間、この温もりに浸りたいところだけど、そういうわけにはいかない。

「くそっ……殺せ！　全員でかかれ、そいつら全員、皆殺しにしろぉっ!!」

我に返ったアリオスが命令を飛ばした。

その声に反応して、騎士達も我に返り、抜剣して襲いかかってきた。


「……悪いが、そうはさせないぜ！」


当然、第三者の声が割り込んだ。

それと同時に、アリオスに向けて矢が飛来する。

アリオスは矢を剣で叩き落とすと、彼方を睨みつける。

「この僕の邪魔をするヤツは、誰だ⁉」

「こういう時、お前に名乗る名前はねえ、って言うんだっけか？」

「格好つけてないで、きちんとしてくれるかしら？」

「アクス⁉　それに、セルも⁉」

乱入者の正体は、思いも寄らない相手……アクスとセルだった。

アクスは刀を抜いていて、セルは弓を構えている。先程の矢はセルによるものだろう。

「よう、なにやらすごいことになっているな」

「加勢にきたわ」

「二人共、どうして……」

「ったく……こんなことをするつもりなら、あの時、ちゃんと言っておけよ。とある方から話を聞けなかったら、参戦できないところだっただろ」

「アクス、あまり責めないの。レインのことだから、私達を巻き込みたくないと思ったのでしょうね。でもね、レイン……それは、あまりにも水臭いんじゃない？」

「……ありがとう」

二人のまっすぐで温かい想いを受け取り、ついつい、また泣いてしまいそうになる。

それくらいにうれしくて……そして、なによりも頼もしい。

「くそっ、なんで冒険者風情が僕に逆らう⁉　僕は勇者だ！　尊敬されるべき存在なんだ！　貴様らとは違う、僕の言うことを聞け!!」

「はっ、てめえなんか尊敬できるわけねえだろ。言うことも聞くか、バーカ」

「ここのことは、すでにあの方に伝えているわ。もうおしまいよ」

「ふざけるなっ、虫けらごときに邪魔されてたまるか！　やれっ、こいつらも殺せ!!」

思わぬ乱入者に驚いていた騎士達だけど、アリオスの命令で、再び動き始めた。その数は視界を埋め尽くしてしまうほどで、津波を連想する。

その後ろには、アリオスとその仲間達が控えている。

俺達は圧倒的に劣勢で、絶体絶命の状況は変わらない。

しかし、もう負ける気がしない。俺達が地面に倒れる未来は想像できない。

恐怖は消えて、不安は霧散して……希望だけが残る。

「よし。それじゃあ、みんな……いくぞっ!!」

「「「お———っ!!」」」

～ Another Side ～

まず最初に、カナデが動いた。

「いくよー！　好き勝手してくれたお礼、利子つけて返してあげるんだから！　うにゃんっ」

カナデは、雷撃を受け止めたダメージがまだ残っていた。ソラとルナに癒(いや)してもらったとはいえ、即座に完治というわけにはいかない。

しかし、レインの心配をよそに、カナデは大活躍する。

四方八方から波のように押し寄せてくる騎士達の剣を、全てスレスレのところで避ける。顔を傾け、体を逸らし、這うようにしゃがみ……嵐のような猛攻を完全に見切っていた。

「にゃあああああ……うにゃっ！」

カウンターが炸裂して、騎士達が数人、まとめて吹き飛んだ。

相手は、王都の本部に所属する百戦錬磨の騎士。その実力は、Ｂランクの冒険者に匹敵する。

しかし、カナデの前では赤子同然だ。

どれだけ鋭い斬撃を繰り出しても、カナデを捉えることはできない。不意をついても、仲間と協力しても、策を練っても……どうしてもカナデに攻撃が届かない。

そして、痛烈なカウンター。

カナデの拳が鋼鉄の鎧を砕き、蹴撃が剣と盾を折る。

その衝撃を受けた騎士達は、悲鳴をあげつつ、次々と吹き飛んでいく。

まるで嵐だ。

一度飲み込まれたら、逃げることは叶わない。その力に抗うことはできず、ただただ、ひれ伏すことしかできない。

「カナデ、張り切るのはいいんだけど、手加減はしておいてくれ。騎士達は、アリオスに命令されているだけで罪はないから」

「うん、わかっているよ。でもでも、言いなりっていうのはどうかと思うから、ちょっとくらいおしおきしても問題はないよね？　うん、ないと思うな！」

「……ほどほどにな」

レインは苦笑するものの、カナデを止めることはない。

騎士にとっては災難ではあるが、命令とはいえ、自分達に刃を向けたのだ。ある程度、痛い思いをすることは諦めてもらおう……と。

仲間を傷つけられた怒りもあり、今のレインは通常よりも冷たい思考をしていた。

◆

「あたしの相手はあんたね？」

「くっ……！」

タニアは、ミナと対峙していた。

強烈な雷撃を背中に受けたため、タニアの怪我が一番ひどい。ソラとルナの治療のおかげで、なんとか立ち上がることができているものの、本来ならば安静にしないといけない。

しかし、そんなことは微塵も感じさせない力強さを見せていた。ミナを前に一歩も退くことなく、不敵に笑っている。

対するミナは、たらりと冷や汗を流していた。

ミナは、以前にタニアに痛い目に遭わされている。その時のことを思い返しているのだろう。

「以前やった時は、あたしに手も足も出なかったけど……それでも、やるつもり？」

「もちろんです。勇者パーティーの一員として、あなたのような存在を野放しにしておくわけにはいきません」

「勇者パーティー……ねぇ。あたしには、あんたらがそんな大層な存在には見えないんだけど？

好き勝手してるおバカパーティーの方が似合うわ」

「私達を愚弄するのですかっ？」

「あらあら。そこでムキになるっていうことは、ちょっとはバカやってる自覚があるのかしら？

自覚があるバカって、手に負えないわよねー」

「このっ……ホーリーアロー！」

タニアの挑発に乗る形で、ミナは魔法を放つ。

以前と同じように、タニアならば、ミナの魔法を打ち消すことができる。ミナは、それなりに成長しているようではあるが、それはタニアも同じこと。魔法を打ち消すことは簡単だ。

しかし、今回はその手は使わない。

「ていっ」

「なっ……!?」

タニアは蚊でも追い払うように手を振り、たったそれだけでミナの魔法を弾き飛ばした。

「わ、私の魔法がそんなにあっさりと……そんな……」

「さて……次はあたしの番ね？　言っておくけど、前のようにハッタリをかますと思わないことね。今回は、けっこう頭に来ているし、本気でいかせてもらうわよっ！」

タニアはしっかりと両足で大地を踏みしめて、翼を大きく広げた。あちらこちらがボロボロになっているのだけど、そのせいで、逆に迫力が増していた。

そんな彼女の元に、大量の魔力が収束されていく。

それは目眩を起こしてしまいそうなほど濃密で、大気が震えていた。

「なっ、あっ……そ、その魔力量は……あ、ありえません！　いくら最強種でも、そこまでの力を出せるわけがありません！」

「レインに教えてもらったことだけど、誰かのために戦う時、限界を超えることができるのよ！」

仲間を傷つけられた怒りが、タニアの限界を大きく引き上げていた。

理解できない、ありえない。

混乱して、怯えるミナは後ろに下がる。

その様子に、タニアはニヤリと笑いつつ……必殺のドラゴンブレスを放つ。

ゴッ……ガァアアアア!!

圧倒的な力の奔流が、ミナと、その他数人の騎士を飲み込んだ。巨大な竜巻に巻き込まれたかのように吹き飛んで……そのまま気絶する。

きっちりとダメージを与えたものの、殺さないように手加減はしていた。

「ふふん……ま、こんなところかしら？」

◆

「アッガス！　時間を稼いで。あいつら、あたしが一気に蹴散らしてやるわ！」

「ああ、わかった！」

アッガスが前衛を務めて、リーンが後衛を務める。

そんな二人が対峙するのは……

「ふははは、我らを相手にたった二人だけなのか？　ふん、我らも甘く見られたものだな」

「色々とやってくれましたね。みんなを傷つけて、レインを悲しませて……許せません。泣いて泣いて泣いて、涙が枯れるくらいに反省させて、後悔させてやりますよ……うふっ、ふふふふふ」

「お、おぅ……我が姉よ。ちょっと怖いぞ……？」

ソラとルナのコンビが、アッガスとリーンの前に立ちはだかる。

不気味な笑い声をあげるソラに、ルナはやや引いていたが、ソラの怒りも無理はない。

普段は冷静沈着ではあるが、感情を表に出さないだけで、仲間のことは大事に想っている。レインと同じくらい大事な存在なのだ。

そんな仲間が傷つけられた。理不尽な目に遭わされた。

その首謀者の仲間と思わしき連中が目の前にいる。

ソラの怒りは頂点を振り切り、未知の領域に突入していた。

ルナは常々思っていることがある。

ちょくちょく姉をからかっているものの、絶対に一線は越えないように注意していた。

本気で怒った時のソラは……やばい。

「ぬううぅんっ！」

「グラビティウォール！」

アッガスが突撃してきた。魔法使いタイプのソラとルナならば、守りに徹するよりは攻めた方がいいと判断したのだろう。

ルナが魔法の障壁を作り出して、アッガスの一撃を受け止める。

「アッガス、ソイツ、そのまま押さえておいて！　レッドクリムゾン！」

続けて、リーンが魔法を放つ。

アッガスはギリギリのところまでルナを押さえこみ、絶妙なタイミングで退いた。

紅蓮(ぐれん)の火球がソラとルナを包み込もうとするが……

「なんですか、この児戯は？」

「へっ⁉」

ソラが無造作に火球に手を突っ込んだ。

その手が焼ける……ということはなくて、逆に火球が四散した。

ソラは、圧倒的な魔力でリーンの魔法に干渉して、瞬時に構造式を組み替えて無力化した。以前、タニアがやってみせた、マテリアルキャンセラーと原理は同じだ。

しかし、そんなことはタニア以外にできないと思いこんでいるリーンは、なにが起きたのかわからないという様子で、目を白黒させる。

「そ、そんなっ……なんであのクソトカゲみたいな真似ができるのよっ⁉　おかしいでしょ、ありえないでしょ⁉」

「あなたは、なにを勘違いしているのですか？　ソラは精霊族ですよ？　魔法のエキスパートです。竜族にできて、精霊族にできないことなんてありません。それと……ソラから見れば、あなたの魔法なんて子供の火遊びそのものですね。とても扱いやすいです」

「なっ、なっ……！」

「いいですか？　本当の魔法というものを教えてあげます。その身をもって味わいなさい」

「や、やばいのだ⁉」

ソラは背中の羽を輝かせて、己を中心に巨大な立体魔法陣を展開させた。

ルナは一目で理解した……ソラが使おうとしている魔法は、超級魔法だ。

以前、タニアが使ったようなコケ威しではなくて、マジものの一撃だ。しかも、手加減なんてしていない。ありったけの魔力が込められている、本気の中の本気だ。

本気で怒ったソラは手がつけられない。

そのことを知っているルナは、慌てて物陰に隠れて、頭を抱えて身を低くした。

「愚かな行為、その身をもって反省しなさい……イクシオンブラストッ‼」

異界の幻獣が顕現して、極大の雷撃が放たれた。

それは、紫電で編み込まれた巨大な竜巻。バチバチと雷電を撒き散らして、全てを飲み込む。

アッガスとリーンは、紙のようにボロボロに吹き飛ばされた。

ついでに、周囲の騎士達も果てまで吹き飛ばされた。

後に残るのは……晴れやかな顔をしたソラと、頭を低くして避難していたルナだった。

「ふぅ……ちょっとだけスッキリしましたね」

ソラはにっこりと笑い……そんな姉の姿を見て、ルナはガクガクブルブルと震えるのだった。

◆

みんな、大活躍だ。

今までの鬱憤を晴らすように奮闘。騎士達を殴り倒して、蹴り飛ばして、魔法で叩きのめして……さらに、アッガス、リーン、ミナをオーバーキルしていた。

いや。さすがに、殺さないように手加減はしているみたいだが、それだけ。かなりのダメージを負っているらしく、彼らは完全にダウンしていた。

圧倒的だ。

気がつけば、戦況はひっくり返り、俺達は大逆転していた。

「くそっ、くそくそくそぉおおおおお！　なんだ、なんなんだこれは⁉　どうしてこんなことになるんだよ！　今度こそレインのヤツを……‼　それなのに、なんで⁉」

「アリオス！　これまでだ！」

「レイン、貴様……！」

どこからどこまでがアリオスが企(たくら)んだものなのか？

それはまだ、よくわからないのだけど、裏で事件を操っていたことは間違いない。

そして、アリオスは、みんなを傷つけた。

俺だけなら、まだ我慢できたのだけど、仲間に手を出すことだけは許せない。

絶対に許せない！

アリオスの計画を、ここで完全に潰させてもらう。

「くそっ！」

不利を悟り、アリオスが逃げ出した。

頭に血が上っていても、状況を見極めることはできたらしい。

「逃がすものか！　っと……その前に、ティナ、ニーナを頼む！　なんかとんでもないことになっているけど……あの体、たぶん、まだ慣れていないはずだ」

ニーナは、同時に十くらいの亜空間を開いて、獅子奮迅(ししふんじん)の活躍を見せていた。しかし、その額には汗が浮かんでいて、呼吸も荒い。

いきなり急成長したこと、元の限界を超える力を行使していること、その両方で急激に疲労が溜(た)

まってきているのだろう。誰かのサポートが必要だ。

「了解やで、任せとき！　レインの旦那はどうするんや？」

「俺は、アリオスを追いたいが……」

ニーナのことを、ティナだけに任せてもいいのだろうか？　カナデ達の活躍で、騎士はかなり数が減ったものの、未だ、剣を振る者がいる。

ここに留まり、もう少し数を減らしておいた方が……

「レイン！」

迷っていると、アクスとセルがこちらに駆けてきた。

「レインは、あのクズ勇者を追え！　ここは、俺らがなんとかする！」

「彼女達は、私達がしっかりとサポートするわ。これ以上、あなたの大事な仲間を傷つけさせたりなんてしない」

「だから……行け！」

「行って！」

「……わかった。アクス、セル、頼む！」

二人にしっかりと頷いてみせて、俺はアリオスを追いかけた。

アリオスは遺跡を出て、荒野に逃げた。

その目的地は王都だ。王都に潜伏して、再起を図ろうとしているのだろう。

でも、そんなことは許さない。

その背中をピタリとロックオンして、追って追って追い続ける。

「ちっ……しつこい！」

ある程度距離を詰めたところで、逃げ切れないと悟ったらしく、アリオスは足を止めて反転。剣を抜いて、俺と対峙した。

俺もカムイを抜いて、構える。

「こうなったら、直接、僕の手で裁いてやるよ！　ああそうだ、最初からこうすればよかったんだ。回りくどい手なんて使わずに、こうしておけばよかった！」

「簡単にいくと思うな」

「ほざけ！　たかがビーストテイマーが、勇者である僕に敵(かな)うと思うな！」

「そのビーストテイマーに、一度、負けているんだよ。お前は」

互いに吠(ほ)えて……再び、俺とアリオスは激突した。

「くっ！」

刃と刃がぶつかり、拮抗(きっこう)する。

アリオスの力は強く、以前よりも遥(はる)かに成長していて、ギリギリと押し込まれてしまう。

これが、勇者の血の力か。

「はあああああっ、ギガボルトッ！」

「っ⁉」

至近距離でアリオスの魔法が炸裂した。

回避は難しい。ならば……

「物質創造！」

土の壁を作り上げて、それを盾とした。

しかし、アリオスの魔法は強烈で、土の壁を貫いてくる。

「ぐううっ……！」

雷撃に撃たれて激痛が走るのだけど、我慢できないほどではない。土の壁を盾にしたことで、ある程度、威力を軽減できたみたいだ。

それに……みんなは、もっと痛い目に遭った。酷い目に遭った。

俺が弱音を吐いている場合じゃない。

「はぁっ、はぁっ、はぁっ……このクズが！」

自爆覚悟の攻撃だったらしく、アリオスも多少のダメージを受けていた。

「勇者である僕に、このような無様な真似をさせるなんて……！　くそっ、くそくそくそ！」

アリオスは呪詛のように吐き捨てながら、俺を睨みつけてきた。

その瞳は、勇者とは思えないほどに濁り、淀んでいた。

俺がパーティーにいた頃は、こんな目をするようなヤツじゃなかった。傲慢なところはあまり変わらないが、それでも、憎悪に満ちた目はしていない。

いったい、なにがそこまでアリオスを駆り立てるのか？

「アリオス……お前、なにを考えている？」

「なにを……だと？」

「今回の事件、裏でお前が手を引いていたんだろう？　どういうからくりを使ったか知らないが、俺を殺人犯に仕立てあげた。そうだよな？」

「……」

アリオスはなにも答えず、沈黙を保つ。

睨み合い……ややあって、アリオスは、くくくと小さく笑う。

その笑い声は次第に大きくなり、寒気がするようなおぞましい声を響かせる。

「ああ、そうだ！　その通りだよ！　そこまでわかっているなら、もう隠しておく必要はないか。レインっ、お前の言うように、僕が全てを仕組んだのさ！」

「どうして、そんなことを……？」

「決まっているだろうっ、キミが邪魔だからだ！　うっとうしいからだ！　うざいんだよ！」

子供が癇癪（かんしゃく）を起こしたように、アリオスは強く叫ぶ。

「あの時からだ……あの時から、僕の全てが狂った……」

「あの時？」

「この僕が……勇者であるこの僕がっ！　ビーストテイマーに負けるなんてありえないっ、あってはならないんだ、そんなことは!!」

「アリオス、お前……」

まさか……そんなことで俺を恨んでいたのか？　そんなつまらないことで、俺を陥れようとしたのか？　勝負に負けただけで、ここまでのことを？

思わぬ理由に啞然としてしまう。

もっと深い理由があるのかと思っていたら、そんなものはない。ただの私怨じゃないか。しかも、自己本位な、同情する要素なんて欠片もない逆恨みだ。

でも……つまらない理由だからこそ、ここまで深く憎むことができるのかもしれない。

あれこれと回りくどい理由が根幹にあるよりも、たった一つのシンプルな怒りがあるだけで、人は意外と前に進めるものだ。

アリオスの場合は、間違った方向に進んでいるが……ここまで暴走するようになったのは、ある意味で俺のせいかもしれない。

勇者という立場にあり、プライドが非常に高いアリオスに敗北を味わわせた。

その相手は、魔族でも魔王でもなくて同じ人間。しかも、自分が追放した相手だ。

嫉妬。

苛立ち。

憎しみ。

それらの感情がアリオスを突き動かしているのだろう。正しい、正しくないは置いておいて……

結局のところ、人は感情で動くものだから。

ただ、同情するつもりは、これっぽっちもない。

俺をターゲットにするだけじゃなくて、みんなを傷つけたことは絶対に許せない。

やられた分は、きっちりとやり返させてもらう。

「なら……認めるわけだな？　俺を陥れたことを？」

「ああ、そうさ。全て僕の仕業だよ！　でも、そんなことを知ってどうする？　勇者とただの冒険者……人々はどちらの話を信じるだろうな？　実は僕が犯人なんです、なんて訴えるつもりか？　ははは、やってみろよ。誰も信じてくれないさ！」

「確かに、俺が話しても信じてくれる人はいないだろうな。でも……アリオス本人が自白したとしたらどうだ？」

「……なんだと？」

俺は不敵に笑い、サーリャさまから預かった首飾りを見せつけた。

「なんだ、それは？　その首飾りがどうしたんだ？」

アクセサリー一つで戦況が変わるわけがないと、アリオスが呆れたように言う。

ずいぶんと自信たっぷり、余裕たっぷりだ。まだ決着がついたわけではないのだけど、自分の方が優位だと信じて疑っていないのだろう。

でも、それは油断以外の何物でもないので、こちらとしては非常に助かる。

「こいつはとある方から預かったもので、ちょっとした力を秘めた魔道具なんだ」

「……なんだって？」

「その方は王族で、非常時などには多くの民に自分の声を届けることがある。そういう時に、この魔道具を使うらしい」

「まさか……」

魔道具の効果を予想できたらしく、アリオスの顔が青くなった。

そんな彼に、俺はとっておきを突きつけてやる。

「今の会話は、この魔道具を通じて王都に届けられた。王都の民、全員が聞いただろうな」

「なっ……なぁああああ!?」

「これなら、俺の話を信じてくれると思わないか？」

「レインっ、貴様ぁあああああっ!!」

激高したアリオスが斬りかかってくるが、怒りに支配されているせいで剣筋が荒い。

余裕を持って避けて、カウンターでナルカミのワイヤーを射出した。

ワイヤーを細かく操作して、アリオスの体を拘束する。

「ぐっ……こんなことで！」

「そいつは特別製だ。かなりの強度を誇るから、いくらアリオスでも破ることはできないぞ」

気がつけば、遺跡の方から聞こえてくる戦闘の音が消えていた。

たぶん、みんなが制圧したんだろう。魔力錠なんてものがなければ遅れを取ることはない。それくらい強く、頼りになる仲間達なのだから。

「勝負あったんじゃないか？」

「くっ……！」

アリオスが睨みつけてくるが、拘束されているせいでまともに動くことはできない。

やがて……諦めたのか、アリオスは抵抗するのをやめて、体からゆっくりと力を抜いた。

「忌々しいが……僕の負けみたいだな」

「素直に負けを認めるなんて珍しいな」

「今回は認めてやるさ。まさか、そのような魔道具をレインが持っていたとは思っていなかったからね。侮ったことを反省しなければならない」

アリオスは妙に落ち着いていた。俺を陥れたことが露見したというのに、まだ余裕がある。

どういうことだ？

「でも……次はこうはいかない」

「なんだって？」

「確かに、僕はキミを陥れた。それは認めよう。しかし、それは国のためを思っての行動だ。最強種なんてものを従える者がAランクの冒険者になり、ある程度の権力を持てばどんなことになるか……そのことを危惧したのさ」

「アリオス、お前……！」

「少々、行き過ぎだったことは認めよう。だが、しかし、僕の行いに間違いはない。正しいことをしたと、胸を張って断言しよう。ああ……そうそう。冒険者を殺害した真犯人は、僕の名前において、きちんと見つけると約束しようじゃないか」

苦しい言い訳なのだけど、まだ、それを押し通すことは可能だ。

アリオスは、俺を、冒険者殺害の犯人にしようとしただけ。

一時的に拘束するつもりだった、Aランクに昇格させないだけで、後で真実を明らかにするつもりだった。そんな言い訳を付け足せば、まだギリギリセーフだ。

越えてはならない一線は越えていない、と判断されるだろう。

多少の罰は受けるかもしれないが、自由が奪われることはない。勇者であり続けることもできる

……そんな感じに考えているのだろう。

なんて厄介な男なんだ、反省という言葉を知らないのか？

いっそのこと、このまま斬り捨ててしまいたくなる。

アリオスを放置しておけば、また同じことが起きるかもしれない。再び、仲間に手を出すかもしれない。今回と同じように……いや、今回以上に酷いことをするかもしれない。

そう思った瞬間、怒りが湧いてきた。

ボロボロになったカナデとタニア。ソラとルナは疲労困憊で、ニーナは怯え、ティナもぐったりとしていた。

そんなみんなの姿を思い返すと、どうしようもない怒りがこみ上げてくる。

荒れ狂う激情が心を塗り替えていき、思考が強烈な赤に染まる。

「……」

俺は無言でカムイを構えた。

アリオスの顔がわずかにこわばる。

「ぼ、僕を殺すつもりか?」

「……」

「ふんっ……いいだろう。やれるものならやってみるがいいさ」

挑発するようなアリオスの言葉を受けて、俺はカムイを振り上げた。

ここで刃を振り下ろせば、今後の憂いを断ち切ることができる。もう、こんなふざけた事件は起きることはなくて、みんなが傷つくこともない。

だけど……

「……やめだ」

俺はカムイを鞘に戻した。

「ははは、思った通りだ。キミに人を殺す勇気なんてない。ただのチキンだ」

「そうだな、そうかもしれない。ただ……」

アリオスに冷たい目を向ける。

以前、タニアが傷つけられた時は暴走してしまったけれど、あのような失敗は繰り返さない。

「俺はお前のようにはならない」

「……」

「自分の目的、欲望のために他の人を傷つけるような、そんなクズにはならない。そんなことをしたら、みんなと一緒に笑うことはできないからな」

「くっ……!」

アリオスが忌々しそうに顔を歪(ゆが)めた。

「覚えていろよ。次こそは必ず……次は、絶対に貴様を潰してやる!!」

「いいえ、次はありません」


突然、第三者の声が響いた。

凛としていて、力強さを感じる声の主は……

「サーリャさま！」

振り返ると、護衛らしき騎士を連れたサーリャさまの姿があった。

サーリャさまがここにいるということは、魔道具の解析が終わり、全てが判明したのだろう。

果たして、その結果は？

「レインさん。首飾りを」

「どうぞ」

首飾りをサーリャさまに返した。

すると、サーリャさまは首飾りの機能を停止させる。

これからする話は、ここだけのものにしておきたいらしい。

「そうか……そういうことか！　くそ、王女がレインと組んでいたとは……」

サーリャさまの言動を見て、俺達が裏で繋がっていたことに気づいたらしい。

アリオスは、とても悔しそうな顔をしていた。

「サーリャさま。アリオスに次がないというのは?」

「言葉の通りです。この者に、もう次はありません。処遇は父が戻らなければ決めることはできませんが……おそらく、勇者の資格は剝奪されるでしょう」

「な、なんだとっ……!?」

これは予想外のことだったらしく、アリオスは大きな声をあげて驚いた。

「ど、どういう意味だ!?　僕がレインを陥れようとした件が原因か?　確かに行き過ぎた行動だったかもしれないが、全ては国のために……」

「そのような虚言、今更、私が信じるとでも?　それに……証拠は出ているのです」

サーリャさまは、俺がアリオスからこっそりと奪い取った魔道具を取り出した。

それを見て、アリオスの顔が青くなる。いや……青を通り越して白くなっていた。

「ど、どうして、その魔道具が王女の元に……まさか、すり替えられていたのか!?」

「今頃、気がついたようですね。ですが、もう手遅れです。こちらの魔道具を解析したところ……真実の映像を発見しました」

「真実の映像……?」

「この魔道具に映っていたレインさんは、別の者が化けていたのです。その者は、まずは対象の姿を記録、コピーする魔道具を使いました。それを利用することで、あたかもレインさんが殺人を犯したような映像を作り上げたのです」

そういえば……と、とあることを思い出した。

アリオスが柄にもなく伊達メガネをかけていた時があった。あれが対象を観察して、姿を記録、コピーする魔道具というのなら……なるほど、納得だ。

「偽りのデータを除去して、真実の映像を解析した結果……勇者アリオス、あなたが冒険者達を殺す映像が記録されていました！」

「ぐっ……そ、それは⁉」

「レインさんに化けて、あなた自身が殺人を犯したことが裏目に出ましたね」

「あっ……ぐっ、ううぅ……⁉」

完全に追い詰められたアリオスは、もはや言葉も出ない様子で、ダラダラと汗を流していた。

「パゴスの事件の際、あなたは冒険者を手にかけた。色々な事情が考慮され、あの時は話は流れてしまいましたが……今度は違います。私利私欲のために、なにも罪のない冒険者達を殺した。そのようなことはあってはなりません。たとえ勇者であろうと、決して許されない愚行です！」

裁きを告げる裁判官のように、サーリャさまは極めて厳しい声で言い放つ。

「アリオス・オーランド！　あなたに勇者を名乗る資格はありませんっ‼」

「ぐっ……⁉」

アリオスは雷に撃たれたかのように体を震わせて……それから、がくりとうなだれた。

それは、アリオスの勇者生命が完全に終わった瞬間だった。

「勇者……いえ。反逆者アリオスを拘束しなさい」

サーリャさまの命令で、護衛の騎士が動いた。

アリオスはナルカミのワイヤーで拘束されていて、身動きはできない状態だ。ただ、さすが王都の騎士というべきか、油断はしないで慎重に接近する。

「バカな……この僕が反逆者？　ありえない、僕は勇者なんだ……勇者なのに！」

「確かに、あなたは勇者でした。そう呼ばれるにふさわしい力を持っていました」

「なら、どうしてこんなことに……⁉」

「あなたは力だけで、心がありません。それだけの力を持っているのなら、どうして、他の人に思いやりを抱くことができなかったのですか？」

サーリャさまは静かに言う。

その瞳はわずかに揺れていて、アリオスを哀れんでいるようだった。

「やめろっ……僕をそんな目で見るな！　僕は勇者だっ、勇者なんだぞ⁉」

アリオスは強く叫ぶものの、サーリャさまは言葉を返さない。

ただ、淡々と騎士に捕縛命令を出すだけだ。

「アリオス……」

「くっ、レインまで僕をそんな目で見るか……！」

アリオスがギリギリと奥歯を噛(か)んだ。

「お前が……お前のせいで、お前がいるから僕は！」

「サーリャさまの命令です。アリオスさま、あなたを拘束させてもらいます」

「どうか、おとなしくしてください」

あくまで丁重に、騎士達はアリオスを拘束しようとするが……

「黙れぇえええええっ!!」

このままで終わってたまるものかと、アリオスはワイヤーを強引に引きちぎる。

そんなことをすれば肉が裂けてしまう。

事実、アリオスは血を流すが……それでも止まらない。

「この僕を拘束するだと!? 勇者であるこの僕を!? そんなふざけたこと、認められるわけがないだろう! 地獄で反省しろっ!」

「ぐあっ!?」

「ぎゃあああ!」

かなりのダメージを受けているはずなのに、どこにそんな力が残っていたのか?

アリオスは剣を閃(ひらめ)かせて、一瞬で二人の騎士を倒してしまう。

「くそっ!」

手負いの虎ほど手に負えないというが、まさにその通りだ。

今のアリオスは獣そのもので、近づくものは全て敵という感じで暴れていた。

今度こそ!

「サーリャさまは下がってください! ここは俺が!」

「レインさん⁉」

残りの護衛の騎士は、サーリャさまを背中にかばい後退した。

それを確認してから、アリオスに突貫する。

「おとなしくしていろ！」

「レインっ、レインレインレイン、貴様ぁああああっ‼」

互いに全力で激突して、刃と刃を激しくぶつけ合う。

アリオスの勢いは凄まじく、気を抜くと力負けしてしまいそうになる。

極限まで追い詰められて、そして、溜め込まれていた憎悪が一気に吹き出して……一時的に、爆発的な力を得ているのだろう。

人の想いは力になることもあるが、負の感情を糧にした力なんて！

「貴様はここで殺す！　僕の裁きを与えてやるよ‼」


ギィンッ‼


競り負けてしまい、カムイが弾かれてしまう。

アリオスの剣が迫る。

「くっ！」

一撃目はナルカミで防いだ。

刃が小手を貫通して、腕が切り裂かれてしまうものの、致命傷ではない。

しかし、アリオスの攻撃はそこで終わらない。変幻自在に剣を操り、二撃目を放つ。

ダメだ、今度は避けられない⁉

こうなったら、腕一本を犠牲にする覚悟で、体を盾にして急所だけは守るように……


ガッ‼


瞬間、轟音が響いた。

雷が落ちたような音と、視界を奪うほどの強烈な閃光。そして、烈風が渦巻く衝撃。

「なんだ……？」

光に目をやられてしまい、なにも見えない。

それでも、時間をかけることで、なんとか視力が回復して……

「え？」

目を開けると、ボロボロになったアリオスが見えた。

その足元の草木は焦げて燃えているのだけど、まさか、本当に落雷が？

「う……ぁ……」

今度こそ限界が訪れたらしく、アリオスは地面に倒れた。

ピクピクと震えているところを見ると、一応、生きてはいるようだ。

「レインさん！」

サーリャさまが慌ててこちらに駆けてきた。

「今のはいったい……？」

「いえ、その……俺もよくわからなくて」

空を見上げると、青空の中で太陽が輝いている。

こんな天気で雷が発生するわけがない。

だとしたら、魔法？

でも、ソラとルナはいないし……いや、待てよ？　今のが魔法だとしたら、見覚えがある。

「……イリス？」

～ Another Side ～

「ふぅ」

遠く離れたところに、女の子の姿があった。

手頃な岩をイス代わりにして座り、のんびりと空を眺めている。

「レインさまは、詰めが甘いところは変わっていないのですね。それも美徳ですが……しかし、様子を見ているだけのつもりなのに、ついつい手を出してしまいましたわ」

魔法による超長距離の狙撃。

とんでもないことを成し遂げたのだけど、当の本人は涼しい顔をしていた。これくらいのこと、できて当たり前という様子だ。

それもそのはず。彼女は、最強の中の最強と言われている天族なのだから。

「さて……レインさまはとても勘が鋭い方ですから、この距離でも見つかってしまうかもしれませんね。そうなる前に帰ることにいたしましょう」

女の子……イリスが地面に降りた。

パンパンとお尻についた土埃を払い落として、それから、背中越しに語りかける。

「それで……なにか御用ですか？」

イリスの背後……いつの間にか、モニカの姿があった。

「もしかして、わたくしの行動を咎めに？」

「いいえ。イリスさんのことは気にしないようにと、リースさまにご命令されていますので。なにをしても、咎めることはありません。ただ……今回は、お礼を言っておきたいと思いまして」

「お礼……ですの？」

イリスは訝しげな顔になるのだけど、それも当然だ。

アリオスに協力するモニカとしては、今回の結果は受け入れがたいはずだ。そして、アリオスが逆転する最後のチャンスも、イリスが奪い取った。

それなのに、お礼とはどういうことなのか？

意味がわからず、イリスは小首を傾げた。

そんな彼女に説明をする教師のように、モニカは穏やかに笑いつつ言う。

「あそこでレインさんが殺されていたら、アリオスさまも殺されていたでしょう。それは、こちらとしても困りますので。まあ、レインさんを殺せるというのは魅力的ですが……リースさまからは、アリオスさまを優先するように言われているので」

「レインさまではなくて、あの勇者を……？　しかし、あの勇者はもう終わりですわ。わたくしの一件でも色々とやらかしていましたが……今回は、さらにその上をいく愚行。サーリャという王女が言うように、再起不能でしょう」

「人間の世界では、再起不能でしょうね」

「なるほど……なるほど。ふふ、あなた方が考えていること、少し理解できましたわ。でも、そうなると面倒なことになりそうですわね。わたくし、あの勇者は嫌いなので……今、ここで潰しておきましょうか？」

「あら。アリオスさまには、恩があるのでは？」

「解放してもらった恩は、もう十分に果たしましたわ。笑顔を向ける理由はありませんの」

「冷たい方なのですね」

「あなたに言われたくありませんわ」

「本気でアリオスさまを？」

「……あなた方に対する恩はまだ残っているため、なにもいたしませんわ」

「感謝いたします」

「それに……」

イリスは、心の中でつぶやく。

モニカやリースが企んでいることが成功したとしても、レインは、さらにその上をいくだろう。

つまらない企みを潰してくれるだろう。

故に、自分があえてここで手を下す必要はない。

「理解していただけたようで、なによりです。では、また」

イリスが振り返ると、すでにモニカは消えていた。

なにもされていないところを考えると、自由にしていいという言葉に嘘偽りはないのだろう。

ならば好きにさせてもらおうと、イリスは今後を考える。

「さて……勇者は堕ちて、レインさまは光を掴む。これからどうなるのかわかりませんが、なかなかに厄介で……そして、おもしろそうなことになりそうですわ」

イリスは小さく笑い……そして、蜃気楼のようにその姿が消えた。

7章　取り戻した平穏と課題

あれから一週間が過ぎた。

のんびり休むことはできなくて、嵐のように忙しい、怒濤の一週間だった。

まずは、昇格試験中に起きた殺人事件の再捜査の協力をした。

アリオスの自爆とサーリャさまのおかげで、俺の容疑は完全に晴れた。ただ、事件の詳細を詰めるために再調査をしなければならず、それに協力することに。

再び事情聴取を受けて、現場検証などに立ち会う。

一度、容疑者に墜ちた身。厳しい扱いをされるのではないかと思っていたが、そんなことはなくて、待遇はよかった。

騎士達は、アリオスの命令に従ったことを後悔しているらしく、その贖罪も兼ねて、色々とこちらを気遣ってくれたみたいだ。

その騎士達だけど、アリオスに加担した者を厳重処罰すべきだ、という声が一部で出た。

ただ、軍人である以上、上の命令に逆らうことは難しい。そんな彼らの立場は理解しているから、俺は必要以上のことは言わず……結果、厳罰はなしになった。

そのおかげなのか、騎士達はとてもがんばって再捜査をしてくれて、思っていた以上に早く結果が出ることになった。

結果は……アリオスが犯人ということで確定。アリオスは抗議したらしいが、ありとあらゆるところで関与を示す証拠が見つかり、結果は覆らなかった。

まあ、当たり前の話だ。

そして……判決が言い渡される日がやってきた。


王城の謁見の間。

国王アルガスの前に膝をついて、頭を下げているのはアリオスとその仲間達だ。皆、一様に顔を青くして、イヤな汗を流している。

「顔を上げよ」

アルガスが言うが、誰一人として反応しない。

「顔を上げよ」

もう一度、アルガスが低い声で言うと、アリオスだけがゆっくりと顔を上げた。

その表情はとても苦々しいもので、いつもの自信たっぷりな様子は欠片もない。

「これより、簡易的ではあるが裁判を始める」

「くっ……」

アルガスの厳しい視線に射られるかのように、アリオスは小さく体を震わせた。

「アリオスよ。お前は勇者という立場にありながら、何も罪のない冒険者を殺めた。その動機は、以前、所属していたパーティーメンバーを陥れるためという、身勝手極まりないもの。これに対して、なにか申し開きはあるか？」

「……僕は、決してそのようなことをしていません。なにかの間違いではないかと」

「第三王女サーリャが所持する魔道具により、お前が自白するところを多くの国民が耳にしている。それだけではない。試験会場を監視する魔道具の解析をしたところ、お前が他人になりすまして殺人を行うところが記録されている。それでも、なにも覚えはないと言うか？」

「はい、ありません」

アリオスは顔を青くしつつも、きっぱりと言い切った。

厚顔無恥とはこういうことを言うのだろう。これだけの証拠が揃っているというのに、なおも無関係と言い張ることができるなんて、なかなかできることではない。マイナス方面にではあるが、感心してしまうほどだ。

王の隣で成り行きを見守っていたサーリャは、深い呆れから、思わずため息をこぼしてしまいそうになった。

「僕が、かつての仲間を陥れようとしたことは認めます。しかし、それは国のためを思えばこそ。ヤツは複数の最強種を従えているという危険な人物。もしも国に反旗を翻せば、どのような被害が出ることか」

「そのために、あえて卑劣な手段を選んだと？　そういうことか？」

「はい、その通りです」

アルガスは顔色を変えることなく、アリオスの話を静かに聞いていた。その表情からは感情をうかがうことが難しく、何を考えているかはわからない。

「では、冒険者を殺めた件については、どう弁明する？」

「あの記録は僕を陥れるために、何者かが故意に作成したものでしょう。まだ魔道具の解析は完全に終わっていないと提言します。真に調査が完了したのならば、僕の無実はきっと晴れるでしょう」

「なるほど。お前が殺人を犯した記録もまた、虚偽のものと言うか」

「はい」

アルガスの言葉が止まる。

ここだ。

アリオスはたたみかけるべき時と判断して、さらに言葉を重ねる。

「今回のような事件を招いてしまったことは、僕の責任でもあります。己の力不足を不甲斐(ふがい)なく思い、情けなく思い……そして、卑劣な犯人に対して憤りを覚えています」

「ふむ……それで？」

「僕にチャンスをくれませんか？　この手で、自らにかけられた容疑を晴らしてみせましょう」

「それは、お前が今回の事件を捜査するということか？」

「はい。必ずや真犯人を見つけて、その罪を償わせてやりましょう」

アリオスは淀(よど)みなく、しっかりと答えて、強い眼差(まなざ)しをアルガスに向けた。その姿を見た国の高官達は、彼の話に納得するかのように、相槌(あいづち)を打つ。

流れはアリオスに傾いていた。

リーン、ミナは敏感にそのことを察知して、顔色を明るくする。これなら、以前と同じようになんとかなるかもしれない、軽い罰で済むかもしれない。

そう思っているらしく、二人は、最初の時よりは緊張が薄れていた。

ただ、アッガスは、どことなく厳しい視線をアリオスに向けている。

「なるほど、お前の話は理解した。勇者であるアリオスの言葉だ。その言葉にウソはないのだろう」

「では……！」

「今回の事件についての再調査を認めよう……などと、そう言うと思ったのか？」

無表情を貫いてきたアルガスではあるが、ここで表情が一変した。

烈火のごとく激しい怒りを宿して、アリオスを射殺さんばかりに睨みつける。玉座の肘掛けが壊れてしまいそうなほど、その手には力が込められていた。

「この……愚か者がっ‼」

「っ⁉」

落雷のような激しい叱責に、アリオスの体がビクッと震えた。リーンとミナは、ひっ、という小さな悲鳴をこぼしていた。

「この期に及んで己の罪を認めようとはせず、見苦しい言い訳を重ねるとは……愚の骨頂！　貴様っ、それでも勇者か⁉」

「し、しかし、僕はウソなんて……」

「完全な証拠が出ているのだ。ありとあらゆる方向で検討した結果、貴様以外に犯人はいないという結論が出ているのだ。しかも、儂の不在を狙い、その間に行動を起こすとは……」

「ぐっ！　そ、それは……」

「儂が、ただ単に、公務で王都を離れたと思うか？　他に目的があったとは思わないか？」

「ま、まさか……」

「目的は二つ。パゴスで貴様がやらかした、真実を知ること。王都にいては、伝言ゲームのようなものとなり、どうしても正確な情報が入ってこないからな。そして、もう一つ……儂がいない間に、貴様がどう動くか？　その性根を確かめるために、あえて王都を離れたのだ」

「そんな、ことが……」

「結果は……呆れ果てて、ものが言えないくらいひどいものとなったがな」

「勇者の権力を振りかざして、騎士を勝手に動かした。それだけでなく、完全に支配下に置くため、一部の騎士を魔法で洗脳していたな？　それは、リーンかミナの仕業か？」

　リーンがビクリと震えた。

　どうやらリーンの仕業らしい。

「……もうよい」

　アルガスは疲れたような吐息をこぼして……それから、虫を見るような目を向ける。

「勇者だからと、問題行動に目をつむってきた。いずれ、勇者らしく強く正しい心に目覚めてくれると、期待していた……しかし、それらは過ちであった」

「な、なにを……」

「幸いにも、過ちは正すことができる」

アルガスは玉座から立ち上がり、アリオスに判決を告げる。

「アリオス・オーランド！　今この時をもって、勇者の資格を剥奪するっ!!」

「なっ⁉」

「そして、冒険者殺害の容疑で投獄とする！　仲間も同罪だっ!!」

リーンとミナが震えて、顔面蒼白になった。

アッガスも、さすがに苦い表情になる。

「処分は、後日、通達する。今は牢で頭を冷やし、反省するがいい！」

「そんなバカな⁉　僕は勇者だ！　この僕を投獄するなんて……そのようなことをして、自殺願望でもあるというのか⁉　魔族に殺されたいのか⁉」

相手が王であることも忘れて、アリオスが大きな声で叫んだ。

途端に周囲の騎士達が駆け寄り、アリオスの体を拘束する。

「ぐっ、やめろ！　離せっ、僕を誰だと思っている、勇者だぞ⁉」

「ちょっ、なんで……やめて⁉　触らないでよ！」

「どうして、このような……あぁ、神よ……！」

リーンとミナも拘束された。

アッガスも拘束されるが……彼は暴れることなく、おとなしくしていた。

「やめろ！　触るな！　僕は勇者だ、勇者なんだ！　選ばれた者なんだ！　こんなこと……こんなことはありえないぞっ⁉　あってはならないというのに……なんなんだ、これは⁉」

「黙れっ、勇者を名乗る愚か者が！　貴様の声を聞くだけでも不快だ。騎士よ、その者達を一刻でも早く牢に放り込め！」

こうして……アリオスは勇者の資格を剥奪されて、投獄されたのだった。

◆

「こんにちは、シュラウドさん」

事件の捜査が終了した後、王都の冒険者ギルドを訪ねた。

ナナリーさんが笑顔で迎えてくれるのだけど、すぐにその笑顔が曇る。

とても申しわけなさそうな顔をして、勢いよく頭を下げる。

「今回の件、誠に申しわけありませんでした。シュラウドさんを誤認逮捕するだけではなくて、その後も刃を向けてしまい……言葉にしても仕方ないかもしれませんが、当ギルド、そして冒険者一同、深く反省しています。後に、ギルドマスターである私から正式に謝罪をさせていただければ」

「えっと……そんなに気にしないでくれ。ナナリーさんが悪いわけじゃないんだから」

「いいえ、そういうわけにはいきません。ギルドの一員である以上、私にも責があります。できる限りのことはさせていただきます」

「なら、あまり気にしないでくれるとうれしい。悪いのはアリオスで、言ってしまえば、他のみんなは被害者のようなものだから」

「……本当に優しいのですね、シュラウドさんは。妹が言っていた通りの方です。おっと、これは秘密でした」

俺、どんな風に言われているのだろう？

「って、ちょっと待った」

さらりと流したが、驚きの台詞が含まれていなかったか？

「ナナリーさんがギルドマスター、とか言わなかったか……？」

「あ、はい。その通りです」

「……なんで？」

「えっと、私も戸惑っているのですが……先の一件で、前ギルドマスターを含む上層部が責任をとらされて辞任となり。その後継に、なぜか私が指名されてしまいまして……」

困ったような顔で、ナナリーさんがそう説明してくれた。

驚いた。まさか、あの事件の余波がこんな形で現れるなんて。

でも、ナナリーさんがギルドマスターというのは頼りになるし、安心できると思う。ナタリーさんと同じく、仕事ができるし、それに顔も広いからな。

「そういうわけでして……ギルドとしてはなんでもするつもりなので、なにかありましたら遠慮なくおっしゃってくださいい」

「えっと……わかった。その時は、甘えさせてもらうよ」

「まずは、ゆっくりとお休みください。王都には観光施設もたくさんありますから、のんびりできると思います。もちろん、費用はこちらで持ちます」

「いいの？」

「はい。せめてもの謝罪として、受け取っていただければ」

「えっと……わかった。なら、ありがたく。それで、俺を呼び出した用事は？」

ナナリーさんから大事な話があると言われて、ギルドを訪ねたのだ。

「あ、そうでしたそうでした。ついうっかり、忘れてしまうところでした。とても大事な話なのに忘れたりしたら、私、すごく怒られてしまいます」

ぺろりと舌を出して、おどけてみせるナナリーさん。そういうところはナタリーさんと似ていて、姉妹だなあ、と思うのだった。

「シュラウドさん、冒険者カードは持っていますか？」

「もちろん」

肌身離さずに、とナタリーさんに言われたため、寝る時と風呂の時以外は持ち歩いている。

「では、そちらを貸していただけませんか？」

「カードを？　えっと……はい、どうぞ」

言われるまま、ナナリーさんに冒険者カードを渡した。

すると、ナナリーさんは冒険者カードを、手の平よりも少し大きい魔道具の上に載せた。魔道具が光を放ち、冒険者カードを包み込む。

「よし、これで完了です。はい、どうぞ」

ナナリーさんから冒険者カードを受け取る。

そのカードには……『Aランク』と記載されていた。

「おめでとうございます。シュラウドさんはAランクに昇格されました」

「そっか、俺……でも、今のは？」

「Aランクは特別なランクなので、偽造されないよう、魔道具で特殊な加工がされるんですよ」

どことなく得意そうだ。

それから、パチパチと拍手しつつ笑顔で祝福してくれる。

「昇格試験の結果は、特に問題なし。その上、勇者さま……ではなくて、反逆者アリオス・オーランドの企みを暴いて、事件を解決に導いた功績はとても大きいです。なので、満場一致でシュラウドさんのAランク昇格が認められました」

アリオスの罠にハマり、みんなと離れ離れになり、サーリャさまに助けてもらい……ホント、濃密な時間を過ごすことになった。

あまりにも濃密なものだから、昇格試験のことをすっかり忘れていた。

でも……そっか。俺、Aランクに昇格することができたのか。

冒険者になり、Fランクから始めた時のことが妙に懐かしい。何年も前のように感じて、妙な感慨を覚えてしまう。

カナデと出会い。

タニアと出会い。

ソラとルナと出会い。

ニーナと出会い。

ティナと出会い。

大事な仲間に恵まれた。そのおかげで、Aランクになることができた。みんながいなければ、俺なんて、途中で野たれ死んでいただろう。

改めて……ありがとう。

機会を見つけて、みんなでどんちゃん騒ぎをしてもいいかもな。

そのみんなは、今はいない。健康検査を受けるため、別行動を取っているのだ。

一週間近く牢に入れられて、その上、魔力錠なんてものをつけられていた。健康を害していてもおかしくないので、サーリャさまに頼んで治癒師を手配してもらい、健康検査を受けることに。

それにしても、俺、サーリャさまに助けられてばかりだな。

彼女なりの理由はあるのだろうけど、でも、甘えてばかりはいられない。いつか、恩を返したいと思うし……あと、なにかしらお礼をしたい。なにがいいだろうか？

「シュラウドさん？　どうしたんですか？　ぼーっとしているみたいですが」

「あ……っと、ごめんごめん。色々あったな、って考え事をしてた」

「ふふ、それも仕方ないですね。話を聞く限り、本当に色々なことがあったようなので。ただ、今は私の話をきちんと聞いてくださいね？　後で資料を送るとはいえ、Aランク冒険者に関する説明は聞いておいて損はありませんからね」

「わかっているよ。もうぼーっとしない、ちゃんと聞く」

「はい、お願いしますね。では、まずはAランク冒険者の権限ですが……」

その後、三十分ほどナナリーさんの説明を受けて、ギルドを後にした。

◆

翌日。王城の一室へ赴くと、みんなの姿があった。

健康検査は王城で行われて……終わった頃は夜も遅く、そのまま城に泊まったらしい。

最近は俺も城に滞在しているのだけど、もちろん部屋は別々なので、一日ぶりの再会となる。

「あっ……レイン♪」

ニーナがこちらに気がついて、ぽふんっ、と抱きついてきた。しっかりと受け止めて、その頭を撫でてやる。

「どうだった、健康検査は？」

「わたし、元気……だよ？　問題……なし。えへん」

なぜか、ニーナが得意そうな顔になる。最近、ルナの影響を受けているような気がした。

「そっか。問題ないならいいんだけど……」

覚醒という謎の力で大人の姿になったニーナだけど、あの戦いの後、しばらくしたら元の姿に戻ってしまった。

どういう条件で大人の姿になったのか？　なぜ元の姿に戻ったのか？

色々な部分が謎だ。

覚醒について調べたいところだけど、なにも情報がない。ルナも詳しいことは知らないらしく、体に害があるかどうかも判別できないらしい。

なので、今回の健康検査ではニーナのことを一番に心配していたのだけど、どうやら問題ないらしい。よかった、と安堵する。

「他のみんなは？　大丈夫だったか？」

「うぅ……レイン、我はもうダメなのだ……不治の病『甘いもの食べないと死んでしまう病』を患っていることが判明したのだ。今すぐケーキを……なければ、クッキーでもよいぞ？」

「このように、いつものたわごとを口にできるほどにルナは元気なので、心配いりませんよ。あ、もちろん、ソラも元気ですよ」

双子はいつも通りだった。

ホントにいつも通りだから、安心すると同時に、ちょっと笑えてきてしまった。

「ウチも問題ないでー！　といっても、ウチは幽霊やから、体調不良とかないんやけどな」

「確かにそうかもだけど、心の傷っていう可能性はあるかもしれないだろ？　大丈夫なのか？」

「平気やで。ウチは神経が図太いからな。そんな病気にかかってるヒマなんてないわー」

「そっか、うん。元気そうでよかった」

ティナは元気なことをアピールするように、人形の体をやたらめったらと動かしていた。

元気なのはわかったから、少しは落ち着いてほしい。人形とはいえ、そんな風に大胆に動いたら
……色々と見えてしまいそうだ。

「カナデとタニアは？」

「にゃん。私も問題ないよ。元気いっぱいお腹いっぱい！」

「朝からパンを山程食べていたわね。よくあんなに食べられるわね……太っても知らないわよ？」

「にゃっ⁉　ふ、太る……い、いっぱい体を動かしているから平気だし」

「そうかしら？　ここの脇腹、つまめるんじゃない？　このつまみ猫」

「つまみ猫⁉」

二人も元気いっぱい笑顔いっぱいで、とても楽しそうにしていた。

誰一人問題ないということを知り、ようやく安心することができた。

もしもみんなになにかあったら、アリオスを……そして、自分自身を許すことができなかっただろう。

「ところで、レインはなにをしていたの？」

「あ、そうだ。聞いてくれないか？　実は、冒険者ギルドで……」

俺は、Aランクに昇格できたことを話して……さらに色々な話をした。引き離されていた時間を埋めるように、たくさんの話をした。

それはとても温かくて、優しい時間だった。

「……うん？」

どれくらい話しただろうか？

しばらくしたところで、コンコンと扉がノックされた。

「失礼しますね」

ややあって扉が開いて、サーリャさまが姿を見せた。

「お話し中、失礼いたします。レインさん、今、お時間はありますか？」

「えっと……はい。ありますけど、なにか？」

「父が……王が、レインさんと話をすることを望んでいます」

◆

サーリャさまの案内で、王の私室へ移動した。

王のプライベートルームということで、とても豪華な部屋を想像していたのだけど、そんなことはない。部屋は少し狭いくらいで、並んでいる家具は一般的なものだ。

唯一、バルコニーから望む景色は最高の一言だけど、それ以外は客間と変わらない。

あまり飾ることを好まないのだろう。

あの王らしいと、内心で微笑(ほほえ)む。

「レインさんを連れて参りました」

「ああ。すまないが、サーリャは席を外してほしい」

「かしこまりました。では、失礼いたします」

俺を案内した後、サーリャさまは退室してしまう。

俺と王のみが残されて、やや気まずい……というか緊張する。

この世界に、人間の国は一つしかない。

ロールリーズ。

目の前にいる、アルガス・ヴァン・ロールリーズが治める、この国のことだ。

昔は無数の国が乱立していて、五つの大陸に、合わせて数十の国が存在したという。

友好を結び、共に発展していった国もあれば……果てのない戦争を繰り返して、泥沼の争いを繰り広げた国もある。

いくつもの国が生まれ、いくつもの国が滅んでいった。

争いは常に起きていたが、世界平和は一度も訪れなかったという。

そんな世界の在り方が変わったきっかけは……魔王だ。

どのようにして魔王が現れたのか？　その目的はなんなのか？

未だ解明されていないことは多いが、魔王は人類に対して宣戦布告をして、魔族と魔物を配下として戦争を始めた。

その力は圧倒的。

身内で争いを繰り返していた人類は、たちまち劣勢となり、次々と国が滅びた。

魔王軍は、破竹の勢いで進軍。西大陸を完全に占拠して、さらに、北大陸の国全てが滅び、人が消えてしまう。

人類に残された領土は三つの大陸となり、その頃になると、全人口は半分に減っていた。

その時になって、身内で争っている場合ではないと、ようやく人類は悟った。力を合わせなければ滅びてしまうと、人類は結束して魔王に立ち向かう。

その後、魔王を打ち倒すことに成功するものの、しばらくの年月が経つと復活して……終わりのない人間と魔族の戦争が開始された。

そのようにして、全ての国が統一されて、人類は一つになった。


俺の前にいる王は、そんな国を背負う人だ。緊張しない方がおかしい。

以前、二人で話したことがあるけど、それを経験していても慣れることはない。

「よく来てくれた。迷惑ではなかったか？」

「いえ、決してそのようなことは……」

「そんなに硬くならなくてもよい。今は非公式の場だ。もっとも……話の内容は重く、厳しいものとなるが」

硬くなるなと言いつつ、緊張するような言葉をぶつけてくる。意地悪だ。

できることなら重い話なんて聞きたくはないが、そうもいかないか。

まあ、なんとなく予想はついている。おそらく、アリオスの……勇者絡みの話だろう。

「まずは……詫びなければならないな。すまなかった」

「えっ⁉」

謝罪の言葉と共に、王が頭を下げた。

人類を束ねる王が、一冒険者に頭を下げるなんて、前代未聞の事件だ。

「ど、どうしたんですか、いったい⁉　あ、頭を上げてくださいっ」

「アリオスが愚かなことを企み、お主とその仲間を危険に晒してしまった。ヤツに自由を与えたのは、儂だ。人類の未来のために、どうにかして目を覚ましてほしいと願っていたのだが、まさかあのようなことをするなんて……いや、すまない。これは言い訳だな」

「いえ、王の責任なんて思っていません。あれはアリオスが悪いのであって、王や、その他の人のせいではありませんから」

「……すまない。お主にそう言わせてしまっているな」

「そんなことは……」

「わかった。今回は、お主の好意に甘えさせてもらおう」

上に立つ者は、下の者の責任を取らなくてはいけないという話はよく聞くが……なんでもかんでも責任を取る必要はないと思う。

特に今回は、アリオスが絶対的に悪い。そこまで気にしていたら、上に立つ者は、上手な組織運営なんてできないだろう。

魔王に対抗するため、アリオスを必要としているというのも、わからない話ではないし、監視の騎士をつけるという対策も行っていた。

これで王を責めるとしたら、それはもう、自分の思い通りにいかないと気が済まない、ただのわがまま野郎だ。

「ただ、償いはさせてもらいたい。サーリャを助けた時のような褒美ではなくて、しっかりと形あるものを、詫びとして贈らせてほしい。このようなことで謝罪となるか、難しいだろうが……それでも最低限のことはしておきたいのだ。なにを望む？」

「えっと……いきなり言われても」

突然の話なので、褒美なんて思い浮かばない。

「ちょっと、図々しいお願いなのですが……貸し一つ、ということはダメですか？　なにか思いついたら、その時に……ということで」

「わかった。お主がそう言うのならばそうしよう」

「ありがとうございます。ただ……話はこれで終わり、っていうわけじゃないですよね？」

「うむ。察しがいいな」

「今の話だけなら、普通にみんなの前で話せば済むことですから。それに、重い話と言っていたので……やっぱり、アリオス絡みのことですか？」

「本当に頭の回転が速いな……さすがだ」

賢王と呼ばれている方にそう言われると、ちょっと照れてしまう。

「単刀直入に言おう……次代の勇者になってくれないか？」

「っ⁉」

まさか……そう来るか。

まったくの予想外の話で、一瞬、混乱してしまう。

「俺が……勇者に？」

「アリオスの勇者の資格は剝奪した。あれだけのことをやらかして……さらに、余罪が次々と表に出てきている。いくら勇者の血筋だろうと、とても許容できることではない」

「アリオスは、今はどうしているんですか？」

「牢だ。仲間達も投獄している」

「……その処分は？」

「死刑だな」

王は、迷うことなく即答した。

あまりにも毅然(きぜん)とした態度に、こちらの方が驚いてしまう。

「死刑……ですか。それは、また……なかなか厳しいですね」

「ヤツは、それだけのことをやらかしているからな。悪行の調査は今も続けられているが……その結果次第では、死刑すら生ぬるいと思うような、重い重い罰を与えるやもしれぬ」

「そう、ですか」

悲しみを覚えることはない。

ただ……少しだけど、同情した。

どうしようもない男だけど、それでも、一時はパーティーを組んでいた。

仲間だった……からな。

そのことを考えると、なんともいえない複雑な気持ちになる。

「ただ、このことを公表する予定はない」

「と、いうと？」

「すでに、アリオスの愚行は多くの民が知ることとなり、その名声は地に落ちているが……それでも、表立って勇者を死刑にすることはできない。お主なら、わかるだろう？」

「不安、動揺が広がりますね」

唯一、魔王に対抗できると言われている勇者を死刑にしたとなれば、大きな混乱が起きるだろう。魔王が覚醒したらどうするのか？　と不安に思う人が出てくるだろう。

それに、魔族サイドに情報が漏れるのもまずい。

魔王は休眠期のため、すぐに全面戦争ということはないだろうが、それでも、ホライズンの時のように派手に動く魔族が現れるだろう。

勇者という称号は、民の不安を和らげるだけではなくて、魔族に対する牽制も兼ねている。

「アリオスは、病に伏せたことにする予定だ。そして頃合いを見て、病死と発表。合わせて、次代の勇者が現れたことを宣言する」

「なるほど。それなら、混乱は最小限で済みますね」

「その勇者をお主に務めてもらいたい。お主にはその力がある。また、勇者の名前にふさわしい勇気もある。頼まれてくれないか？」

「俺は……」

◆

王との話を終えた後、みんなと合流して、そのまま城の外へ出た。

空を見ると、太陽が輝いていた。青い空の中を、白い雲がゆっくりと泳いでいる。

「んにゃー♪　今日は良い天気だねぇ」

隣を歩くカナデが、ぐぐっと伸びをした。どことなく幸せそうな感じで、尻尾がゆらゆらと揺れている。猫霊族だから、暖かい日差しは好きなのだろう。

「「ふんふ〜ん♪」」

ソラとルナは、シンクロして鼻歌を歌っていた。

ちょくちょくルナがソラをからかうものの、なんだかんだで仲が良いんだよな。双子らしく、見ていると微笑ましい。

「ねえ、レイン。この後、時間あるかしら？　それとも、あの王さまからなにか厄介事でも頼まれた？」

反対側を歩くタニアが、そんなことを問いかけてきた。

「いや、そんなことはない。時間ならあるけど……どうしたんだ？」

「ちょっと付き合ってもらいたいところがあるの。もちろん、断らないわよね？」

「ああ、いいよ」

「それじゃあ、一名様ご案内～♪」

「案内……するね？」

「するでー！」

ニーナと、その頭の上に乗ったティナが俺の前に回り、元気よく言う。二人はすっかり仲良しコンビで、よく一緒にいることが多い。

みんながいて、笑顔に囲まれている。

なにげないけど、しかし、大事な日常。それを取り戻すことができたという実感が湧いてきて、自然と笑みがこぼれる。

それにしても、付き合ってもらいたいところって、どこだろう？

みんなに案内されたのは、小さな食堂だった。

小さいのだけど、しかし、色々な調度品が飾られていて素敵な空間が作られている。宿とセットではなくて、料理だけを提供する場所で、やや値が張る店だ。

なぜか、俺は店の外で待たされた。

みんなは先に店に入り、なにやら楽しそうにはしゃいでいるのだけど……なんだろう？

「おまたせ、レイン」

不思議に思っていると、カナデが迎えに来てくれた。

「準備バッチリだよ！　それじゃあ、中へどうぞ」

「あ、ああ……」

カナデに背中を押されるまま、店に入ると……

「Aランク昇格……」

「「「おめでとう――――っ!!」」」

パンパパンッ！　とクラッカーが鳴り響いて、紙吹雪がひらひらと宙を舞う。

突然のことに驚いて、硬直して、目を丸くしてしまう。

「えっと、これは……？」

「レインのAランク昇格のお祝いだよ♪」

ドッキリ大成功、と喜ぶような顔をして、カナデが言う。

「俺の……お祝い？」

「色々なことがあったけど、レイン、ちゃんと合格できたからね。なら、お祝いをしたいよねー、っていう話をみんなでしたんだ」

「それで、せっかくだからサプライズパーティーでもしない？　っていう話になったわけ」

タニアがそう補足した。

「そっか、わざわざ俺のために……」

みんなを見ると、とびっきりの笑顔を返された。優しくて温かいみんなの笑顔を見ていると、なんともいえない幸せな気持ちになる。

この前の事件を経て、改めて、みんなが傍にいてくれることのうれしさを感じた。

みんなという仲間がいてくれて、俺は、とんでもない幸せ者だ。

ホント、心の底からそう思う。

「ありがとう……うん。すごく、すごくうれしいよ」

「にゃふー♪　サプライズ成功だね！」

「さあ、レイン。主役は席についてください。たくさんの料理とお酒が待っていますよ」

「いっぱい食べるのだ！　そして、いっぱい飲むのだ！」

ソラとルナに案内されて席に着いた。

すでに準備は完了していて、テーブルの上にはたくさんの料理が並べられていた。色とりどりの料理が用意されていて、宝石箱みたいだ。

それに各種アルコールも揃っていて、いたれりつくせり。

「レインの旦那、改めて、おめでとうやで！」

「おめで……とう。えへへ」

「うん。ティナとニーナも、ありがとう」

ニーナに酒を注いでもらい、一口飲む。

それを合図にして、みんなも料理を食べて酒を飲み始めた。

◆

「はふぅ、お腹いっぱいなのだ……もう食べられないのだ……」

とても満足したような顔をして、ルナがイスの背もたれに寄りかかり、膨れた腹をさする。

そんな妹を見て、ソラは呆れたようにため息をこぼす。

「まったく、この駄妹(だまい)は……今日はレインが主役なのですよ？　そのことを忘れて、飲み食いに一生懸命になる使い魔がどこにいるのですか」

「ここにいるのだ！」

「愚駄妹(ぐだまい)ですね」

「愚駄妹⁉　なんなのだ、そのパワーワードは⁉」

「まあ、別にいいんじゃないか？　俺のことを考えてくれるのはうれしいけど、それより、みんなで一緒にわいわいした方が楽しいよ」

「レインは、ルナに甘いです」

「そんなことはないぞ、さすがレインなのだ！　そう言ってくれると思っていたのだ！」

ルナはうれしそうにして、バシバシとこちらの背中を叩(たた)いてきた。

ちょっと酔っているのか、頬が赤く、いつもよりテンションが高い。

精霊族は酒に強いと聞いていたが……

「うおっ⁉」

ルナの横に、空になった酒瓶が、数え切れないほどいくつも転がっていた。

これだけ飲めば、さすがに精霊族も酔っ払うか。

「にゃあ♪　料理もお酒もおいしー！　もっと追加注文しちゃおうっと！」

「あ、カナデ。あたしの分もおねがい。この牛ステーキと羊ステーキと豚ステーキ、それぞれ三人前ね。それと、スープも追加で」

「おー、タニア、いっぱい食べるなあ。ウチも負けてられへんでー！　この体ならきちんと食事ができるから、こういう機会を逃さず、たくさん食べないと損や！」

「お料理、たくさん……全部、おいしいね」

「ニーナ、もっと食べないとダメやでー。成長したら大きくなることはわかったんやから、今からたくさん栄養をとっておくんや！」

「そう……なの？」

「そうや！　というわけで、メニューのここからここまで、追加や！」

こういう場は本当に久しぶりだから、みんな、笑顔で全力で楽しんでいた。

それはいいのだけど、心配なことがある。

「……なあ、ソラ」

「はい、なんですか？」

「みんな遠慮なく注文しているけど、会計、大丈夫なのか……？」

基本、財布は俺が管理している。

なにかあった時のために、ある程度の額はみんなに渡しているのだけど……ここは高そうな店なので、みんなの分を合わせても支払いが足りるかどうか。

まあ、足りないのなら、俺が払えばいいだけの話ではあるが。

「なるほど、お金の心配をしているんですね。それなら問題ありませんよ。先の一件で、国からたくさんのお金をふんだく……いえ。迷惑料をいただいたので」

「ふんだく……の後は聞かないことにするよ」

ソラはとてもちゃっかりしていた。呆れるよりも感心してしまう。

「言っておきますが、非合法な手を使ったわけではありませんよ？　あの王女が申し出てきたことなのですから」

「サーリャさまが？」

「迷惑をかけてしまったお詫びを少しでもしたい……と。そう言っていましたね」

サーリャさまの責任ではないと思うのだけど、王に似て、彼女はとても責任感の強い人だ。なにかせずにはいられなかったのだろう。

今になって返却する方が失礼だろうし、好意に甘えることにしよう。

「ねえねえ、レイン」

ほんのりと頬を染めたカナデが、そっと体を寄せてきた。

酒の匂いがするところを見ると、それなりに酔っているみたいだ。ただ、泥酔というわけではなくて、しっかりと意識はあり、物事を考えられるようだ。

「王さまと話をしていたんだよね？　どんなことを話していたの？」

「あー」

やっぱり気になるか。

元々、タイミングを見て話をするつもりだったから、それ自体は問題ないのだけど……内容が内容だけに、周囲のことが気になってしまう。

軽く店内を見回した。店は貸し切り状態で、俺達以外の客はいない。

俺達に気を利かせているらしく、店員は奥で待機しているようだ。

これならまあ、いいかな？

「実は……」

「実は？」

「次代の勇者にならないか？　って誘われた」

「ふんふん、にゃるほど。勇者に……って、えええええええええええぇっ⁉」

カナデが驚きの声をあげて……

「でも、断った」

「「「えええええええええぇっ⁉」」」

次いで、ニーナを除くみんなが驚きの声をあげた。

「……ふぇ？」

ニーナはよくわかっていないらしく、キョトンとしていた。

他のみんなは、こうなるとは思っていなかったらしく、とんでもなく慌てている。

「断ったって、ねえねえ、どういうこと⁉　どういうこと⁉」

「せっかくのチャンスなのに、なんでそんなことをしているのよ⁉」

「もったいないです！　もったいないです！　語彙力が貧弱になるほど驚きました！」

「なんで、わけのわからないことをするのだ⁉　我は頭が混乱しそうなのだ！」

「レインの旦那、それはなんでなん⁉　せっかくのチャンスやん！」

「あの……お客さま？」

笑顔を浮かべつつ、しかし、こめかみの辺りを引きつらせている店員さんがやってきた。

「本日は、お客さまの貸し切りとなっていますが、あまり大きな声を出されてしまうと、近所迷惑になってしまうこともあるので……」

「すみません、すみません、すみません！」

「いえ、理解していただけたのならば。では、追加の注文などありましたら、気軽にお声をおかけください」

店員さんは俺達に釘を刺した後、店の奥に消えた。

怒らせると怖そうなので、あまり騒がないように注意しないと。

「えっと……みんな、静かにな？　驚く気持ちはわからないでもないけど、内容が内容だから、あまり他の人に聞かれたくない。あと、店に迷惑をかけられないし」

「う、うん。ごめんね」

「でも、仕方ないじゃない。レインが次代の勇者に、なんて……」

「いつの間にそのような話になったのですか？」

「というか、アリオスはどうなるのだ？　よくわからないことが多すぎるのだ」

みんなが不思議そうな顔をして、それを見た俺は首を傾げる。

「あれ？　話してなかったか？」

「話してないで！　なんも知らんっ」

「アリオスが捕まったことは知っているよな？　なら、次の勇者が選ばれることは、みんなも想像がつくと思うんだけど」

「いや、それはわかるけどな？　なんで、そこでレインの旦那が候補に挙がるんや？」

「それは、俺も勇者の血を……あ、そうか」

アクスとセルと再会して、Ａランク昇格試験が始まり、アリオスに陥れられて……驚きの連続だったから、俺の事情を説明することをすっかり忘れていた。

ちょうどいい機会なので、しっかりと説明しておこう。

俺が勇者の血を引いていること。

アリオスは、勇者の資格を剝奪されて投獄されたこと。

そして、王から次代の勇者になってほしいと頼まれたこと。

それらをまとめて説明した。

「ふぁ……レインが勇者の血を……すごい、ね」

「なるほどね。レインのとんでもテイム能力は、勇者の血を引いていたからなのね。それなら説明がつくし、納得いくわ」

俺の話を聞いて、一部は納得顔で頷いて……

「よっしゃっ！　あのボケ勇者ついに捕まったか！　しかも投獄されたんか！　ざまあみろ！」

「差し入れしてやろうか、なのだ。くふふふっ、牢の前でヤツの大好物をちらつかせて、目の前で食べてやるなんて、とてもおもしろそうなのだ」

一部はアリオスの逮捕にざまあみろと笑い……

「にゃー……レインが次の勇者に……すごいっ、すごいね！」

「すごいですね、大出世ではないですか。ソラはレインの使い魔として、そのことをとても誇らしく思いますよ」

一部はとても感心して、自分のことのように喜んでいた。

「ねえねえ、それじゃあ、これから私達が勇者パーティーになるの？」

「ふふふ、サインとか求められるかもしれないのだ。うむ。今からサインの練習をしておいた方がいいのだ」

「あたし、目立つことは好きじゃないんだけど……まあ、敬われるっていうのは悪くない気分ね。ふふんっ」

みんな、あれこれと笑顔で妄想をする。

それに水を差す形になって申しわけないのだけど……

「あー……さっきも言ったが、勇者の話なら断ったぞ」

静寂。

そして……

「「「なんでっ⁉」」」

見事なまでにピタリと声を重ねて、みんなは目を大きくして叫んだ。

ちなみに、ニーナはキョトンとしたままで、一人だけマイペースだ。

「あのー……お客様？」

「あははは、な、なんでもないです。なんでも。気にしないでください。それと、すみません。今度こそ、本当に静かにするので」

店員さんをなんとかごまかしつつ、唇に指を当てて、静かにというジェスチャーをする。

「こんな話、他に聞かせられないから……声量を抑えような？」

「で、でもでも……どうしてなの？　せっかく勇者になれるのに、それを断っちゃうなんて……ねえねえ、どうして？」

カナデは、頭の上にいくつも疑問符を浮かべているような顔をして、問いかけてきた。

他のみんなも似たような感じで、とても不思議そうにしている。

気持ちはわかる。

一冒険者から勇者にランクアップするなんて、とんでもない大出世だ。普通に考えて、そのような話を断るわけがない。

ないのだけど……たぶん、俺は普通じゃないのだろう。

だから、断ることにした。

「うーん……なんていうかな」

ハッキリと心が定まっているわけではなくて、少しもやもやと、曖昧なところがある。だから、俺の心を言葉にするのは少し難しい。

でも、きちんとみんなに向き合いたい。

拙い言葉ながらも、一つ一つ、心を言葉にして並べていく。

「以前、カナデとタニアには話したことがあるんだけど……この世界のため、俺にできることがあるのなら、できる限りはがんばりたいと思う。無理難題を押しつけられたとしても、諦めず、挑戦したいと思う」

「にゃふー、レインらしいね」

「ただ、まだ覚悟が足りないと思うんだ」

「覚悟っていうのは、どういう感じかしら？」

「勇者としてやっていくための覚悟、っていうところかな」

勇者になりました、魔王を討伐することを目標にします。

なんて、そんな簡単な話じゃない。

勇者という称号、その役割はとても重い。俺が想像しているものよりも、数十倍は重いだろう。

いつどんな時も、人々の期待に応えて、希望の象徴でいなければいけない。基本、失敗することは許されないだろうし、挫折なんてもっての外。

そして、なによりも……勇者は、勇者の使命を最優先にしなければいけない。

例えば、仲間の命を助けるか、あるいは魔王の生命を奪うか。

そんな二択を迫られた時、迷うことなく魔王にトドメを刺さなければいけない。

それが勇者というものだろう。

「俺は、そこまでの覚悟はないよ。いざという時、みんなを犠牲にすることなんて……とてもじゃないけどできそうにない」

「それは極端な話だと、ソラは思うのですが……」

「いや。あながちそうでもないんだ。いつ、どういう状況に陥るかわからないっていうのは、この前の事件でわかっただろう？」

「うっ……それはまあ、そうですね」

「それに魔王と戦うとなると、危険は避けられない。そんな戦いを仲間に強いるっていうことは、仲間を犠牲にするようなもので……正直なところ、それはちょっと、って考えてしまうんだ」

「レインは優しすぎるのだ。我らのことは気にしないでいいのだぞ？」

「そういうわけにはいかないよ。みんな、俺の大事な仲間なんだから」

俺にできるのなら、その力があるというのなら……魔王を倒して世界を平和にしたいと思う。

でも、そのために仲間に危険を強いるとなると、どうしても迷ってしまう。

甘いと言われたらその通りで、何も反論できない。

でも……俺にとっては、本当に大事な仲間なんだ。自分の命と同じくらい……いや、それ以上に大事な仲間だ。

「あと、俺はわがままだからな」

イリスの件がいい例だ。

彼女を倒してしまうことが一番なのに、イヤだからという個人的な感情で、戦いをかき回した。

勇者の使命とは程遠い行動だ。

「だから、まあ……俺に勇者は無理かな、って」

「レインは気にしすぎじゃない？　勇者の使命っていうの、深く考えすぎてない？」

「まあ、そうかもしれないな」

「もっと気楽に考えたら？」

「そういうわけにはいかないさ。きちんと考えて、その責任と向き合っていかないと……そうじゃないと、アリオスみたいになってしまう」

「うっ……そ、それはイヤね。ものすごい説得力があるわ」

「だろう？」

軽く冗談めかして言ってみると、タニアがくすりと笑う。

話を元に戻して……一番の理由を口にする。

「それと、冒険者でないとできないことがあると思うんだ」

「うん？　それはどんなことや？」

「普通の……ぼう、けん？」

「ニーナ、惜しい」

「ざんねん……」

「っていうことは……依頼やな？」

「まあ、ほぼほぼ正解っていうことで」

いつの間にかクイズ形式になっていた。

「勇者になると、普通の依頼は請けられなくなるんだ。勇者が簡単に依頼を引き受けていたら、誰も彼も頼むようになるとか……あと、そんなことをしているヒマがあるなら魔王討伐の旅を進めろ、っていうのもあるな」

「まあ、そういうもんやろうな、勇者ってのは」

「それだと、助けられるのに助けられない人が出てくるかもしれない。そういうのは……イヤなんだ、俺は」

「うん……レインは、そういう人……だよね」

「ええと思うで、そういう考え。ウチはその方が好きや」

ニーナとティナは、俺の考えに賛同するように優しく笑ってくれた。他のみんなも同じような顔をしてくれて、笑顔を浮かべている。

みんなが一緒にいて、傍にいてくれて……そのおかげで、俺は自信を持って前に進むことができる。倒れることなく、進み続けることができる。

仲間っていうのは、ただ単に、戦いを共にするだけじゃない。一緒に過ごすことで心も支えてくれるようなものなのだと、改めてそう感じた。

「だから、俺は……世界を救う勇者じゃなくて、身近な人を助けることができる冒険者を、このまま続けたいと思ったんだ。それが俺の出した答えだ」

「そっか……うん！　すごくレインらしい答えだね。私はいいと思うな」

カナデが笑顔で賛同してくれた。

それを合図にするかのように、他のみんなも頷いてくれる。

「もちろん、魔族との戦争が本格的に開始されるとか、大規模な事件が起きるとか……そういうことがあれば、そちらもがんばるつもりだけどな」

「それも賛成だけど……でも、レインが勇者になるのを断ったから、空席になるのよね？　それって、問題ないのかしら？」

「問題はないよ。次の勇者候補は俺一人じゃなくて、他にもいるみたいだから」

「へぇ、そうなのね……次もあのクズ勇者みたいなのになったりしないわよね？」

「タニア、けっこう言うな……まあ、反論できないし、むしろ同意見だけど」

「レインも言うじゃない」

互いにくすりと笑う。

「その心配は必要ないかな。王は賢明な方だから、同じ失敗は繰り返さないだろうし……色々と対策を考える、って。まあ、すぐに勇者が決まるわけじゃないけど」

「誰かさんが断ったから、すぐに決まらなくなったのだ！」

「……それは言わないでくれ」

ルナの指摘に、俺は苦々しい顔をしてしまう。

そんな俺を見て、みんなが笑うのだった。

「でもでも、レインが冒険者を続けるって聞いて、ちょっと安心したかな」

「まあ、俺には務まらないからな」

「そんなんじゃないよ⁉　レインなら、勇者はすごく似合うと思う！」

「そうね。そこは同感。まあ、無理矢理やらせるつもりはないけどね」

「私は、レインが勇者になったら、ちょっと距離が遠くなっちゃうかな、っていう心配が……にゃー、ほら、勇者は大変で人類の代表みたいな存在で、それでもって忙しくて大変で……あれ？」

「大変、を繰り返していますよ」

「まあ、カナデの言いたいことは、なんとなく理解したのだ。ようするに、レインが勇者になることで、遠い人になってしまうと思ったのだな？」

「そう、まさにそれ！」

「あー、その気持ち、わかるなー。レインの旦那が勇者になったら、ウチら、気軽に近づけなくなるかもなー。それはイヤやわ」

「気軽に……頭、なでなでしてほしいな」

みんな、そんな心配をしていたのか。

相手のことを想い、考えているという点は同じ。俺達は、似た者同士なのかもな。

「大丈夫。もしも勇者になるようなことがあっても、みんなと距離ができるなんてことはないさ。周りに怒られたとしても、みんなから離れようなんて思わない。ずっと一緒だ」

「にゃ?!」

「ふあ!?」

なぜか、カナデとタニアが真っ赤になる。

「レインよ……今の台詞、プロポーズみたいなのだ」

「え!?　いや、俺はそんなつもりはなくて、みんなとの絆はずっと続いていくということを伝えたかったわけで……むしろ、俺の方が愛想を尽かされないか心配で……」

「「「それはない」」」

みんなは、口をピタリと揃えて言う。

私達がそんなことをするわけがない、とちょっと怒っているようでもあった。

そうだな……今のは、俺の失言だ。

「プロポーズ、っていうわけじゃないんだけど……俺は、ずっとみんなと一緒にいたい。みんなは、俺と一緒にいてくれるか？　これからも、仲間でいてくれるか？」

カナデがにっこりと笑い、タニアが凛と笑い、ソラが静かに笑い、ルナが元気に笑い、ニーナが優しく笑い、ティナが明るく笑い……

そして、

「「「こちらこそ、これからもよろしくね」」」

みんなは、ありったけの笑顔と共に、一斉に抱きついてきた。

彼女達との絆は、ずっとずっと続いていく。

番外編　ニーナ追放⁉

～Another Side～

「ニーナ……あなたを追放します」

王城の客間で、ソラが鋭い目をしてニーナを睨(にら)みつけた。その隣には、同じく険しい表情をしたルナが並んでいる。

冗談ではないことを示すように、二人はまったく笑っていない。

「えっと……どういう、こと？　ドッキリ？」

「そんなわけないのだ！」

「どういうことなのか、それを詳しく説明すると……」

「我らぺったんこ同盟から追放する、ということなのだ‼」

事の始まりは、アリオスが逮捕された数日後……

◆

「すぅ、すぅ……くぅ」

「うわ!?」

朝。目が覚めると、目の前にとんでもない美人が。

突然のことに驚いて、眠気なんて一気に吹き飛んでしまう。

「え？　え？　なんで、一緒に寝て……あ、待て待て」

眠気が吹き飛んだと思っていたのだけど、まだ寝ぼけていたみたいだ。

布団に潜り込んでいたのは見知らぬ女性ではなくて、ニーナだ。

覚醒という謎の力によって、二十歳すぎくらいの外見になって……しかし、戻る方法がわからずにそのまま様子を見ることになっていた。

外見はティナと同じくらいの歳に見えるが、中身は幼いまま。だからこうして、いつものように俺の布団に潜り込んでしまう。

「ニーナ」

「……んぅ」

「起きてくれ、ニーナ」

「……あふぅ」

肩を揺すると、ニーナはゆっくりと体を起こした。ただ、寝起きのせいか服が乱れていて、見えてはいけないところが見えそうになっている。

「レイン……おは、よう」

「おはよう……じゃなくて！　その格好はまずいから、服を直してくれ！」

「えっと……？」

こんなところを誰かに見られたら、あらぬ疑いを……

「おはようなのだー！」

「レイン、今日も良い天気ですよ」

ルナとソラがやってきた。

「「……」」

俺とニーナを見た二人は、笑顔のままピタリと固まる。

俺を見て、ニーナを見て、再び俺を見て……その動き、怖いからやめてくれないか？

「「レインがニーナに手を出した⁉」」

「やっぱり、こうなるよな……」

なんとか誤解を解いた後、朝食を食べて、街を散歩する。

「えへへ」

ニーナは、俺の腕に抱きつくようにして、ぴたりと体を寄せている。こうして腕を組んで歩いてみたかったらしいが、背丈が違うため諦めていたという。

ただ、覚醒によって一気に背が伸びて、願いが叶った、というわけだ。

「むう……」

「うぬぬぬ……」

少し後ろを歩くソラとルナの視線が痛い。

でも、仕方ないだろう？　とてもうれしそうにしているから、どうしても断れなかった。

「レイン、レイン」

「うん？」

「なん、だか……世界が違う、みたい」

「えっと……ああ、目線の話？」

「うん。いつもと、違うの。高くて、遠くまで見えて……すごい」

些細といえば、些細な変化かもしれない。

でも、ニーナにとっては価値観を変えてしまうほどの衝撃があるのだろう。顔をキラキラとさせていて、ついでに、尻尾を忙しなく動かしていた。

「すごく、楽しい」

体で表現するかのように、こちらに抱きついてきた。

いつものように親愛を表現しているのだろうけど……その、今は困る。

今のニーナは大人で、立派に成長しているわけで。それなのに密着されてしまうと、色々と問題が発生してしまう。

「ニーナ、そうやって抱きつくのはちょっと……」

「なん、で？」

いつもしているよ？　という感じで、ニーナが小首を傾げた。

ああ、そうだな。いつもしているな。

だからこそ、今の状態で抱きつかれると困る。本当に困る。今のニーナは、なんていうか……胸がすごいことになっているので、こういうのはまずいと思う。

「むむむ……ニーナ。そんなにくっついたらダメなのだ！」

「そうですよ。一人前のレディは、もう少しおしとやかにならないといけません」

「一人前？　おしとやか……？」

「とにかく」

「ほいほいと抱きついたらダメです！」

「うぅ」

ニーナは、助けを求めるようにこちらを見た。

二人になんとか言ってくれ、と視線で懇願してくるのだけど……でも、今回に限り、ソラとルナの味方だ。

「あのな、ニーナ。今のニーナは大人になっているから、異性に気軽に抱きついたらいけない」

「どう、して？」

「それは……ソラが言うように、おしとやかにならないといけないからだ」

「うぅ……？」

「えっと、つまり……ああいうことは親しい人でないとダメなんだ。好きじゃないと……」

「わたし……レイン、好き」

そう言ってくれるのはうれしいのだけど、ニーナの好きは異性に対するものじゃなくて、家族に向ける親愛だ。恋じゃない。

それを利用するようなことは絶対にダメで、抱きついてくるのをやめさせたいのだけど……

「レインも、少しデレデレしていませんか？」

「大人バージョンのニーナに抱きつかれて、喜んでいるのか？」

「そ、そんなことはないから！」

「「むうう」」

なぜか二人の機嫌が急降下してしまう。子供のように頬を膨らませていた。

そんな二人の反応が理解できず、ニーナは小首を傾げる。

「とにかく、ニーナの意識改革をするべきなのだ！」

「そうです。このまま放っておいたら、どうなるか。とんでもないことをやらかすかもしれません」

確かに、そこは同意だ。

体は大人になったけれど、意識は子供のまま。今は大きな問題はないけど、この状態が続いたら、いつかとんでもないことが起きてしまうかもしれない。

そうなる前に、大人の時はやってはいけないことというものを、しっかり教えておかないと。

「いいか？　まずは……」

「その状態で、レインに抱きついたり甘えたり、そういうことをしたらダメです！」

「あと、ベッドに潜り込むのも禁止なのだ！　それから、一緒にお風呂に入ろうと誘うのもアウト！」

ソラとルナが熱心に教育をするのだけど……

「？」

「「わかってくれていないー⁉」」

やはりというか、ニーナはよくわからない様子で小首を傾げてしまうのだった。

～ Another Side ～

「というわけで、メロン……いや、スイカになったニーナは、もはやぺったんこ同盟にあらず！」

「ニーナ、あなたを追放します！」

ルナとソラがビシッと言い放つが、二人の怒りはニーナに届かない。

自分はなぜ怒られているのだろう？　と、ニーナは不思議そうにするばかり。

「くっ、これが勝者の余裕というヤツですか！　うらやま……憎たらしい！」

「なにがなんでも元のぺったんこに戻ってもらうのだ！　斜め四十五度で叩いて……」

「あんたらなにやってんの」

「ニーナをいじめたらダメだよ、にゃん！」

「ふぎゃ⁉」

「はう!?」

カナデとタニアが現れて、おかしなことを言うソラとルナにげんこつを落とす。

「い、痛いです……」

「なにするのだ!?　今、ちょっと意識が飛んだぞ!?」

「二人がニーナをいじめるからいけないんだよ。もっと仲良くしないと」

「いじめてなんていません」

「ちょっと、胸をもぎ取ろうとしただけなのだ」

「さらりと恐ろしいこと言わないでくれる……?」

真顔で言うルナに、タニアはドン引きだ。

「ニーナを追放とか、なんでそんな話になっているの?」

「それは……」

「その……」

ソラとルナは、ぐぬぬと悔しそうな顔に。その視線は、ニーナの豊満な胸に注がれている。

それでカナデとタニアは察した。

ああ、この二人……妬んでいるのか。

「二人共、ダメだよー。嫉妬なんかしても、なにも得られるものはないんだからねー」

「そもそも、胸の大きさなんてどうでもいいじゃない。というか、大きいと面倒なだけよ」

「うんうん、肩が凝るよねー。あと、戦闘中はちょっと邪魔かも」

「慰めているようで自慢をする……二人はケンカを売っているのですか？」

「所詮、持てる者には我らの悲痛な思いはわからないのだ！」

「そんな大げさな……」

「「ものすごく大事なこと!!」」

ソラとルナは、どこまでも真剣な顔をしていた。

そんな二人を見て、

「ソラとルナは……肩、凝らないの？」

「「!?」」

ニーナは、とんでもない爆弾発言をしてのけた。

もちろん悪気はなく、ただの純粋な疑問だ。しかし、それ故に二人の心に突き刺さる。

さすがのカナデとタニアも慌てた。

「えっと……気にしない方がいいわよ？　ニーナのことだから、本当に不思議に思っただけだろうし。二人の胸が小さいとか、そんなことを指摘しているわけじゃないわ」

「そ、そうそう！　小さくても肩凝る時とかあるよね、うん！　むしろ、小さいからこそ楽な時があると思うし、小さくてラッキーって思う時が来るよ」

「「小さい小さい言うな!!」」

二人はこめかみの辺りを引きつらせつつ怒る。当然の反応だ。

「くっ……ソラ達も覚醒すれば、ニーナみたいに胸が大きく……？」

「ぺったんこ同盟からスイカ同盟に……？」

「うう……」

「ぐぬぬ……」

「「覚醒した────い!!」」

魂の叫びだった。

後日。

覚醒のヒントを得るために、ソラとルナがニーナにひたすらにまとわりついたというエピソードがあるが、それはまた別の話。

おはようございます。こんにちは。こんばんは。深山鈴です。初めての方ははじめまして。引き続き手に取っていただいた方は、いつもありがとうございます。

七巻です。夢の二桁まで、あと三冊。がんばりたいですね！

今回は、アリオスと因縁の戦いとなりました。どうだったでしょうか？

悪役街道まっしぐらで、あまり人気のない彼ですが、個人的にはとても大事なキャラクターだと思っています。アリオスの行動が起点となり、物語が始まっているので……どうしようもない悪役だけど、同時にとても大事な役目を担っていると考えています。

アリオスは今後どうなるか？　そこに注目していただけるとうれしいです。

今回は短いあとがきで……早いですが、そろそろ謝辞を。

ホトソウカさま、いつも綺麗で素敵なイラストを描いていただき、ありがとうございます。

茂村モト先生、躍動感たっぷりでとても楽しい漫画版を描いていただき、ありがとうございます。

担当さま、いつも丁寧なアドバイス等、ありがとうございます。

そして、出版に至るまでに作業をしていただいた方々、いつも温かい応援をしていただける読者の方々……その他、たくさんの関係者の方々、いつもありがとうございます。

また会えることを願いつつ、今回はこの辺りで。

ではでは、また今度。

巻末特別企画 キャラデザ大公開 第七弾!

ニーナ
（覚醒バージョン）

覚醒前より
袴に近い形になっていますが
パンツではなくスカートです。

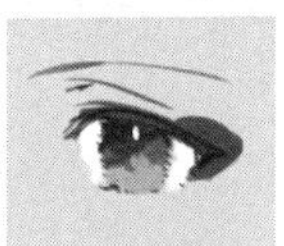

目の形は覚醒前と同
様垂れ目のままですが
表情で力強さを出せればと…
また大人っぽさと
強さの強調になればと思い
目尻に赤いメイクをしています。

ナナリー・フロウ

勇者パーティーを追放されたビーストテイマー、最強種の猫耳少女と出会う7

深山 鈴

2021年10月29日第1刷発行

発行者　森田浩章

発行所　株式会社 講談社
〒112-8001　東京都文京区音羽2-12-21

電　話　出版　(03)5395-3715
販売　(03)5395-3608
業務　(03)5395-3603

デザイン　ムシカゴグラフィクス

本文データ制作　講談社デジタル製作

印刷所　豊国印刷株式会社

製本所　株式会社フォーネット社

KODANSHA

ISBN978-4-06-526202-3　N.D.C.913　323p　19cm
定価はカバーに表示してあります

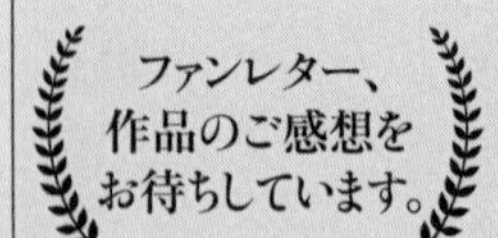

あて先　〒112-8001　東京都文京区音羽2-12-21
(株) 講談社　ラノベ文庫編集部 気付
「深山鈴先生」係
「ホトソウカ先生」係